白华 著

汉代琅华照寒烟 [2版]

裁一尺华丽
三寸忧伤
织成那年夜未央

畅销八年
销售百万册
唯美典藏版
诚意修订

石油工业出版社

图书在版编目（CIP）数据

汉代琅华照寒烟：唯美典藏版／白华著. —2版
．－－北京：石油工业出版社，2018.1
ISBN 978-7-5183-2169-8

Ⅰ.①汉… Ⅱ.①白… Ⅲ.①汉赋－诗歌欣赏 Ⅳ.
①I207.2

中国版本图书馆CIP数据核字（2017）第247171号

汉代琅华照寒烟
白华 著

出版发行：石油工业出版社
　　　　　（北京安定门外安华里2区1号楼　100011）
网　　　址：www.petropub.com
编 辑 部：（010）64523559　　图书营销中心：（010）64523731
经　　销：全国新华书店
印　　刷：鹤山雅图仕印刷有限公司

2018年1月第2版　2018年1月第10次印刷
880毫米×1230毫米　开本：1/32　印张：6.625
字数：150千字

定价：28.00元
（如出现印装质量问题，我社图书营销中心负责调换）
版权所有，翻印必究

大风起兮
诗赋情长

　　这本与汉代文学有关的书，在北京的四月最终完成。草长莺飞、樱花零落的时节，这些文字在键盘上面静静绽放，拥有着自己别样的生命，又如同静静飘落的雪花，远离尘世的喧嚣。它们独自构成了一个不被打扰的宁静世界，里面有荒凉的戈壁，也有千年不倒的胡杨树，还有在那片辽阔的山河大地上徐徐拉开序幕后，演绎的一出出爱恨情仇、是非恩怨。

　　汉朝建立之初，就因刘邦的一曲"大风歌"激发出狂狷的气质，而后却又隐忍克制，奉行无为而治，终将秦末的荒芜演变为日后的繁荣。但与此同时，汉室的张扬不羁已经在波澜不惊的表面下蠢蠢欲动了。

　　休养生息，独尊儒术，平定匈奴，天下归一。汉朝雄风忽然刮起，一发不可收拾，当漠北的大风吹起，漫天的风沙席卷而过，掠过那片荆楚大地，一直到海岸尽头，那消散的不仅仅是时光，还有历史中无数的金戈铁马、觥筹交错、倩影翩跹、旷世才情。

　　这些烙印在时间的脚步中渐渐模糊，却唯独留在了文字中，历久弥新，芳香如故。翻阅枯黄褶皱的书册，仿佛就可以遁身于那悠久的时空隧道，去追寻汉室久远的辉煌。

　　文学和历史相伴而行，谍影交错，交叠纠结，二者相互糅合,在经历了大汉初期的烈火历练和百废待兴之后,更是难以剥离,在历史不断前进的脚步中,那一曲曲绝响再次唱起。没有诸子百家争鸣的胜景,却有《楚辞》遗风之美感;没有风雅《诗经》朴实的吟咏,却有着繁盛兴荣的一曲高音。

在那滚滚的狼烟与激昂的音韵交错响起时,回望长安古道,仰望当日晴空,谁曾想到这个时代会成为华夏文明永远难忘的记忆?谁又会知道这个时代的文明会源远流长,永不干涸地滋养着这片土地?

王国维说过:"凡一代有一代之文学。"他认为汉代的文学之最当属汉赋,并称汉赋为"后世莫能继焉者也"。这种琳琅满目的文体,在那段寒烟慕华的岁月中,充当了唯一的记录者。

还有质朴无华的乐府诗歌,在苍茫旷野上,它们记录下了那时的风云骤变、民生野趣,以及世间百态。

那些古老而悠远的词句就好像是种在内心深处的一株玫瑰,带着芬芳,在大漠深处摇曳绽放,那千百年来积郁的深厚情感就像是它枝蔓上长满的钩刺,让人不敢轻易触碰,生怕会因不懂轻重而伤了那柔弱的花朵,更怕那茎部上的刺将自己伤害。

这些厚重的行文,就这样辗转走过了千年,它们宛如四月徐徐的春风中飘飞的柳絮,洁白而神圣,让人不忍亵渎,却又忍不住想要细细品味。

汉赋和乐府诗一样难写,不论是诗体本身还是手旁的资料,大多晦涩难懂,当我读着这些美丽的句子时,我深深陶醉于它们所散发出来的浓郁气息,但同时也清醒地知道,它们从历史深处走来,不会独自属于我或者是任何人。它们自身的厚重感令笔下的记忆无法负担,太多的历史积淀要消融进文字之中。虽然那个

大风起兮，诗赋情长

时代美得不可言说，但那些简短的章节诗歌，却是要用言语来深情款款地道出，道出它的风华绝代，道出它的沧海桑田。

这是一本几乎写尽了世间万般故事的书，那些诗，那些赋，它们与故事相连，却并不一定与故事有关。过去的烟尘寒光熠熠，零落之后终归寂寞。也正因为这些埋藏在诗赋中的故事历经尘埃，仍然难掩光华，我们才将之再度修订，不但更加精准地核实诗赋原文，而且加入更多的客观视角和多元化解读，让读者在获得启发的同时，对那个时代的风华姿态拥有更多的想象空间。

红尘妖娆惹人怜

女子之器，女子之形 / 044

妻不如妾，妾不如偷 / 049

食色，皆是性也 / 053

捉住长安飞扬的裙角 / 058

饮酒求仙乐逍遥

秋风辞，内藏君王心病 / 064

求仙访道，不过一场镜花水月 / 068

纵慕风骨，不舍尘世 / 074

酒酣浓香溢出多少风流 / 079

生年不满百，何不乐为先 / 085

未央往事

绝命词与大风歌 / 092

目 录

最是那一往情深

爱，而不可得 / 002

『上邪式』爱情宣言 / 007

千回百转皆是爱 / 011

百般相思难收鞘

三嫁终觅美满凤缘 / 016

宫廷女人的墓志铭 / 021

佳人难再寻 / 026

昭君怨，走出深宫又入胡地 / 032

后宫妃嫔的自悼赋 / 037

男人苍老的是指望

从容淡定,一世磊落 /143
刺世疾,赋中吟 /148
忍把浮名换寂寞 /153
是锋芒,亦是宿命 /158
不许名将见白头 /163
英雄不死的传奇 /168
忧郁帝王心 /172

牡丹花谢

病榻前的叮咛与挣扎 /180
远行不如当归 /184
牡丹花下,一座殇城 /189
悲歌怅惋王朝暮日 /194
贫穷之时,无言他日 /198

目 录

痞子气息也需一国礼仪 / 097
汉赋里的金缕玉衣 / 102
帝王尚武亦享乐 / 106

为官,离去

出名太早亦是负累 / 112
看破红尘,归隐山林 / 117
命运之一种 / 121
立世为人之难 / 126
明哲保身,班固的处世哲学 / 131

一生何不通透

十九载孤独守望 / 138

阅读大中国

最是那一往情深

爱，而不可得

"十三能织素，十四学裁衣，十五弹箜篌，十六诵诗书。十七为君妇，心中常苦悲。"聪明伶俐的刘兰芝在嫁人之后失去了少女时期的快乐，不过她把那些悲伤冷静地收敛于内心深处，从不外露。因为那是毫无意义的，人世间没有任何一种疾苦、疑惑、悲伤是可以感动上苍，并为受苦人主持公道的。

焦仲卿虽然爱她，却无法给她安全感，因为在那段婚姻中，焦仲卿的母亲也占据了一席之地，而且有着很重的分量。"鸡鸣入机织，夜夜不得息。三日断五匹，大人故嫌迟。非为织作迟，君家妇难为！"这是刘兰芝离去的理由，她希望可以用无声的离去让婆婆对自己好一些。毕竟刘兰芝是舍不得离开焦仲卿的，她爱这个男人，希望焦仲卿可以说服他的母亲，将她接回家后开始新的生活。

刘兰芝是善良的，这个女人并没有意识到在焦家，焦仲卿人微言轻。刘兰芝的等待换来的并不是她所期望的结果，而是完全与之相悖的结局。虽然身为官员，焦仲卿却无法掌握自己的生活。在焦仲卿母亲的眼中，这个儿媳一无是处，完全配不上他们焦家的门楣。同为女人，却无法得到一丝一毫的理解，恨只能恨在那个时代，长幼尊卑分得过于明晰，以至于刘兰芝进退两难，焦仲卿无能为力。

最是那一往情深

休妻另娶，是焦仲卿的母亲对他的最后通牒，无法商量，母亲的不留余地令焦仲卿承受着巨大的心理痛楚。可是，他除了苦苦哀求，别无他法。

> 府吏得闻之，堂上启阿母："儿已薄禄相，幸复得此妇。结发同枕席，黄泉共为友。共事二三年，始尔未为久。女行无偏斜，何意致不厚？"
> 阿母谓府吏："何乃太区区！此妇无礼节，举动自专由。吾意久怀忿，汝岂得自由。东家有贤女，自名秦罗敷。可怜体无比，阿母为汝求。便可速遣之，遣去慎莫留。"
> 府吏长跪告，伏惟启阿母："今若遣此妇，终老不复取。"
> 阿母得闻之，槌床便大怒："小子无所畏，何敢助妇语！吾已失恩义，会不相从许。"

——无名氏《孔雀东南飞》节选

焦仲卿在他的母亲面前始终是唯唯诺诺的，面对这个生他养他的女人，他无力改变自身的命运。在焦仲卿和刘兰芝的这段婚姻中，他们只能分离，别无他法。刘兰芝在和焦仲卿一番海誓山盟之后离开焦家，回到娘家，她希望焦仲卿能最终说服婆婆接她回去，只要能再踏入那道门槛，忍受多少屈辱她都愿意，焦仲卿也是作此打算。但是，在日日夜夜的等待中，刘兰芝所忍受的已经不止是屈辱，而是无穷无尽的危机感。

在这场婆媳之战中，焦仲卿的母亲赢了，虽然赢得不怎么光彩，但她毕竟达到了自己的目的。她要为焦仲卿挑选一个合自己心意的儿媳妇，至于婚姻的当事人作何想法，她是不会考虑的。不论焦仲卿作何解释，如何劝说，都无法改变母亲的看法，他忍受着内心的折磨，而此时的刘兰芝却面临了新的危机。

在古代，媳妇被婆家赶出家门是很丢脸的事情，刘兰芝的娘家自然也觉得颜面无光，所以，在刘兰芝住在娘家的几天里，她哥哥迅速地为她谋得了一门亲事，并且不顾刘兰芝的反对，将日子定了下来。或许，在他们看来，刘兰芝可以嫁给县令是攀了高枝，但在刘兰芝看来，不能和焦仲卿在一起，比死还要难过。

悲伤接踵而至，刘兰芝一边面对着家里人逼嫁的压力，还要承受焦仲卿的误会。

府吏闻此变，因求假暂归。未至二三里，摧藏马悲哀。新妇识马声，蹑履相逢迎。怅然遥相望，知是故人来。举手拍马鞍，嗟叹使心伤："自君别我后，人事不可量，果不如先愿。又非君所详。我有亲父母，逼迫兼阿兄。以我应他人，君还何所望！"

府吏谓新妇："贺卿得高迁！磐石方且厚，可以卒千年；蒲苇一时纫，便作旦夕间。卿当日胜贵，吾独向黄泉。"

新妇谓府吏："何意出此言！同是被逼迫，君尔妾亦然。黄泉下相见，勿违今日言。"执手分道去，各各还家门。生人作死别，恨恨那可论。念与世间辞，千万不复全。

——无名氏《孔雀东南飞》节选

"孔雀东南飞，五里一徘徊。"这是刘兰芝与焦仲卿的诀别，也可以说是两人共赴另一个世界的约定。刘兰芝决定妥协了，她

最是那一往情深

知道要想回到焦仲卿的身边只有这个办法,这个男人爱她却无法保护她,在这个礼教的牢笼中,他和自己一样都是被束缚的弱者。刘兰芝不怕死,她只是怕离开焦仲卿,这个她生命中唯一的男人,她希望他会始终陪伴在她的左右,不离不弃。"我们都是寂寞惯了的人。"张爱玲总是能用最通俗的语言写出婚恋中女子那份无可奈何的孤独。然而相比起民国来说,那在遥远的汉代生活着的女子对那份寂寞的体会更为深刻,因为那不是她们可以主宰自己命运的时代。

刘兰芝最后的决定令人惋惜,但也无可奈何。不过值得欣慰的是,她没有嫁错人,焦仲卿肯为了她"徘徊庭树下,自挂东南枝"。在刘兰芝毅然举身赴清池的时候,不知道她想没想过自己死后,如果这个约定没有打动焦仲卿该如何是好;不知道她想没想过,焦仲卿会不会在她死后另觅新欢。而现在,这一切猜疑都用不着了,虽然焦仲卿徘徊过,但他最终肯同刘兰芝共赴黄泉,便足以证明,这个女人在他心目中的地位是举足轻重的。

这是一个悲惨的故事,和爱情有关,更与婚姻相连。这首诗歌一开始便在序中有所交代:"汉末建安中,庐江府小吏焦仲卿妻刘氏,为仲卿母所遣,自誓不嫁。其家逼之,乃没水而死。仲卿闻之,亦自缢于庭树。时人伤之,为诗云尔。"

刘兰芝与焦仲卿之间,所拥有的已经远远多于爱情。他们之间有一种生死不渝的约定,这约定关乎生命。古人有着善良的心性,这样悲苦的故事结局自然无法让他们满意,所以口口相传间,这夫妻二人最后竟然化为鸳鸯,相依相伴,永不分离。

其实，传说的真假已经难以考证，只是读到这首古诗之时，会隐隐地感觉到内心奔涌起阵阵热浪，像是眼泪，也好像热血。为了这千年前的故事而心旌摇动，也为了这千年后的情思而伤神。

怎样的情思牵扯住了刘兰芝，前尘往事对这个女人来说是怎样一场不堪回首的烟云之梦，而又是怎样的沧海桑田令她不断回头？焦仲卿和刘兰芝之间的爱情是怎样的海枯石烂？

婚姻，作为维系爱情的一种方式，却将一对原本幸福的男女深深埋葬，而当婚姻坍塌覆灭之时，被埋葬的又何止是爱情。"多谢后世人，戒之慎勿忘。"一曲《孔雀东南飞》，诉尽世间几般人事。

最是那一往情深

"上邪式"爱情宣言

《诗经》中有一首简单的歌:"死生契阔,与子成说。执子之手,与子偕老。"歌声绵绵不断。

在许多年之后的汉朝,也有这样一首简单的歌,出自乐府,温婉流转,可以唱碎人心:"天地合,乃敢与君绝!"

人们常说爱到浓时情转淡,但是《上邪》中却只有撕心裂肺、至死不悔的爱情誓言,在《上邪》中,爱情成为一种忠诚。世上有万般情爱,却只有一种爱情叫作生死同穴。"你若爱我,我便愿意将性命都交托于你。只要生死都能相守在一起,死亡又算得了什么呢?"这就是《上邪》转告给后世的爱情宣言。

上邪!我欲与君相知,长命无绝衰。山无陵,江水为竭,冬雷震震夏雨雪,天地合,乃敢与君绝!

——无名氏《上邪》

这首《上邪》出自《乐府诗集·鼓吹曲辞·汉铙歌》,诗歌很短,是一位古代女子对爱情执着的宣誓。读起来大胆直白,比现代的很多情书更加情真意切,情感浓烈而毫不掩饰。现代人读后都不免面红耳赤,可在当时,就有这样一位烈性女子,甘愿冒着被世人耻笑的后果,也要勇敢地告诉她的爱人,她的爱是多么浓烈。

清朝才子纳兰容若悲悲切切地写道:"人到情多情转薄,而今真个不多情。"在他看来,爱情似乎只有从浓烈转为淡薄这一条道路可走,所以,他题词哀婉地悲叹爱情的短暂和无常,而无数的后人也沉迷在他的词中不能自拔,认为爱情便是一道不可愈合的伤口,每每触及,疼痛难忍。

但纳兰是否又知道早在千年前的汉代,就有了《上邪》这样大胆无畏的爱情表白呢?他所认为的爱情之苦在千年前的那份执着追求中早就涅槃重生,造就了千古的爱情传奇,而他却依然停留在自己悲切的世界中难以自拔,认为爱就是一种伤人伤己的情感。在这个男人的内心深处有一块只属于他自己的湖泊,无人能到,这湖泊从清澈到浑浊,只能他一个人看见。

其实何必如此悲伤呢?如果说爱情是一种生死相许的誓言,那么一次的出现就足以让你的一生充满色彩,如果你的内心真的有这样一汪湖泊,那就让它安静地保留,让它静默,因为爱情是不会死的。

《上邪》那首遥远的古调似乎还在耳畔回响,唱过了四季,唱过了江河。歌声中仿佛有一种无形的力量,无时无刻不在敲打着内心最为柔软的地方。

相爱不是为了告别,但往往事不遂人愿,爱情最为浓烈的时候往往就是分别之时。这时,爱人之间总要做出承诺,他们要为还没有结束的爱情做出承诺,无论是四季,还是雨雪,这些景物都将成为他们的证词,他们以为爱情会如同上古的万物造化一般,永恒存在,地老天荒。

最是那一往情深

却没有想到,就在那一天,平淡无奇的爱情突然消失。时间的力量太过强大,面对当初生死相许的誓言,一切开始变得荒诞起来,爱人之间的相见变得尴尬,已经远去的爱情令他们的眉头紧皱,不得舒展。他们不敢再回头张望,因为已经没有了任何意义。等他们再次经过当初相爱的地方,却是恍如隔世,往事已经被湮没进了泥土之中,不见天日,他们只能沉默走过。当生死相许变得如同风化的石头一样沧桑,那份孤寂便无处可藏。所以,当一切都无法再回头的时候,就只能选择继续面对未来。不必纠结在过去的阴霾之中,虽然剩下的还有对过去爱情的思念和忧伤,但它们毕竟已经犹如浩荡的江水匆匆奔流而逝了,当初爱过的人只能站在岸边,无力地观望。这是任何人都无可奈何的。不是被爱情抛弃,而是被时间抛弃,命运的转轮一次又一次地证明了时间的残酷。但他们始终无法看透爱情,依然坚守着生死相许的诺言,在命运的河畔无奈地等待。前方的道路漫长而又充满险阻,但爱情让人变得勇敢而又执着,虽然有时难免为情所伤,但也可能带来令人欣喜的反转。

凛凛岁云暮,蝼蛄夕鸣悲。凉风率已厉,游子寒无衣。
锦衾遗洛浦,同袍与我违。独宿累长夜,梦想见容辉。
良人惟古欢,枉驾惠前绥。愿得常巧笑,携手同车归。
既来不须臾,又不处重闱。亮无晨风翼,焉能凌风飞?
眄睐以适意,引领遥相睎。徙倚怀感伤,垂涕沾双扉。

——无名氏《凛凛岁云暮》

一年之中最为寒冷的日子，也是最后的日子，凛冽的寒风肆虐，生物都已经进入休眠状态。在这样寒冷的时节，远方的游子啊，你身居异乡是否有御寒的棉衣？婚后不久便分别，这是任谁也无法忍受的痛苦。一人孤枕难眠的痛苦无人诉说，只能在梦中期盼与夫君团聚。只求生生世世都过着安定的日子，但是好梦难圆，梦醒之后，冰凉的枕边令现实的残酷遁入心间，只能怨恨自己没有飞鸟的翅膀，不能穿越层层阻碍去寻找爱人，所能做的只是翘首以盼，等待这个当初立下一生一世誓言的人尽早归来。

这是《古诗十九首》中的一首，是一个新婚不久的女性因思念出远门的丈夫而作的。这位女子在与丈夫海誓山盟不久后，便要独自忍受寂寞，在等待中度过孤寂的时光。然而她始终相信丈夫的誓言为真，所以在期待中依然抱有甜蜜的幻想。

感情在时间中挣扎，在漫长而无尽的光阴里，一个人对另一个人的爱是否会枯竭，就要看上天的安排了。但是只要坚信爱曾存在过，那么它就好像是一颗长在心口的朱砂痣。只要伸手摸去，它就依然炙热，因为那是心底蕴藉的情感，无关生死，只关乎爱情。

最是那一往情深

千回百转皆是爱

　　有所思,乃在大海南。何用问遗君?双珠玳瑁簪,用玉绍缭之。闻君有他心,拉杂摧烧之。摧烧之,当风扬其灰。从今以往,勿复相思!相思与君绝!鸡鸣狗吠,兄嫂当知之。妃呼狶!秋风肃肃晨风飔,东方须臾高知之。

——无名氏《有所思》

　　诗歌中最广为人知的"相思"要算晏殊《木兰花》中的名句:"天涯地角有穷时,只有相思无尽处。"这个男人将思念化入骨髓,撒入风中,令其随风飞扬到天南海北,处处都有其相思。

　　这是一种爱之集大成的境界。没有悲伤,没有喜悦,只是纯粹地付出思念,便不再收回,天涯海角,只要有自己的思念相伴,便是咫尺天涯。然而在汉代的《有所思》这首乐府诗中,作者却是表现出了比晏殊更为强烈的情感。

　　在《有所思》中,作者所要的已经不仅仅是单方面的情感付出了,而需要对方给予回报,爱情在这里成为公平的砝码,这杆天平不再有高低之分。如果不再相爱,便当是挫骨扬灰,也要将这份感情断绝干净,犹如肃杀的秋风,干净利落。

爱情自古以来就是一个永恒的话题，从古至今的文人骚客争论不休，最终也无法得出确切的定论。这首《有所思》深得民间歌曲朴素直白的妙处，有着深远悠长的意境和盎然的古风，又不乏清新的气息。人们读到这样的乐府诗，自然而然地会随着它的韵律而心绪流转。

人们仿佛能透过这首乐府诗看到当日那个可爱的女子眼神执着地望着远方爱人离去的方向，为了那个不知道何时才能回来的男子而日日思念的样子。多么令人忧伤的诗句，读过之后你的内心也仿佛随着那位思念丈夫的女子一起飘飞，在遥远的汉代翘首以盼，等待一份早已走远但还心存惦念的感情。

《有所思》是《汉铙歌十八曲》中的一首，其实铙歌本是为"建威扬德，风敌劝士"的军乐，但如今流传下来的十八曲内容庞杂，已经不止是军队乐章，而是写战绩，写情爱，写军民。这首《有所思》切实地将男女之间的爱情描写得惟妙惟肖，可见这位不知名的作者功力实在是不一般。其实描写思念的诗歌相对较早，也是最为成功的应该算是《诗经》里的一首。

> 青青子衿，悠悠我心。纵我不往，子宁不嗣音？
> 青青子佩，悠悠我思。纵我不往，子宁不来？
> 挑兮达兮，在城阙兮。一日不见，如三月兮。

——《诗经·郑风·子衿》

《子衿》是《诗经·郑风》中的一首民歌，是一个女子思念远去的丈夫，日夜翘首以盼却始终望不到心爱之人归来的呕心之

最是那一往情深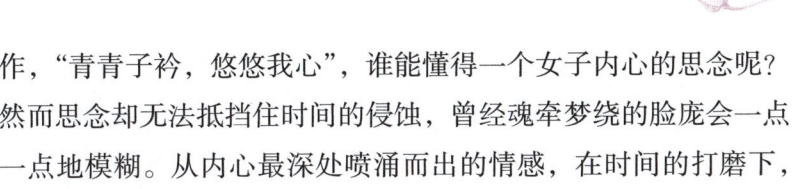

作,"青青子衿,悠悠我心",谁能懂得一个女子内心的思念呢?然而思念却无法抵挡住时间的侵蚀,曾经魂牵梦绕的脸庞会一点一点地模糊。从内心最深处喷涌而出的情感,在时间的打磨下,终究归于沉寂。

不要怪罪变心的人,因为爱情实在是太过脆弱,牵住了自己,也挂住了别人,谁都以为爱一个人,哪怕不在他的身边,只要有思念陪伴,便会一生无憾。但是我们无法预知未来,更无法预知爱情的走向。

《有所思》以第一人称表现一位女子在遭到爱情波折前后的复杂情绪,和《诗经》中所表现的情感不同的是,这位女子的爱恨纠结,充满了忧思,但又无法割舍,所以沉迷在痛苦之中,无法自拔。

这尘世太过短暂,而你却一而再、再而三地离开,生命在思念之中如此漫长,又如此迅速。还没来得及好好爱,就已经流逝了大半,这让相爱的人如何能不焦急?所以,无论是为了爱情,还是为了生存,都必须要抓紧一切时间来爱,而不应将一切诉诸思念。

当然,思念不仅是爱情,在更多的时候仅仅是一种情感的宣泄,只是宣泄得多了,便成了一种说辞。而在有的乐府诗中,思念就好像是无言的心事,只能听凭它在自己的心中转动,却不能坦白地说出口。

秋风萧萧愁杀人,出亦愁,入亦愁。座中何人谁不怀忧?令我白头。胡地多飙风,树木何修修。离家日趋远,衣带日趋缓。心思不能言,肠中车轮转。

——无名氏《古歌》

《古歌》无关乎爱情，但却和思念息息相关，这位远游在外的游子思念故乡，用质朴的语言抒发了他浓厚的思乡之情，如果非要说他的诗中有爱，那便是对家乡的土地之爱。著名诗人艾青曾经饱含热泪地写道："为什么我的眼里常含泪水？因为我对这土地爱得深沉……"相似的情感，不同的表达。

满篇的愁绪，令人不忍再看，尤其看到那秋风落叶撒落一地，满天的愁云惨淡，更会令人产生无限哀思。"座中何人谁不怀忧？"是啊，谁还能不忧伤呢，而游子更是悲伤得连头发都斑白了，在无边的汪洋中，漂泊者何时才能靠岸，就好像是那被风吹散的落叶一样，让人萎靡不振。虽然离家和思乡的主题与爱情无关，但是却与爱有关，这是一份对故乡的爱，是一种对过往生活的思念，这样的爱更为持久，因为那片土地令其心神摇曳。愁绪就好像是车轮一样，在心中碾来碾去，在疼痛的同时，还有无限的反复。

不论是爱人还是远游他乡的游子，当他们放下心中羁绊，回到内心深处的时候，在那片静默之中，才能明白沧海月明珠有泪，思念无期是归期。

思念，百转千回皆是爱。

百般相思难收鞘

三嫁终觅美满姻缘

想来像蔡文姬这样的女子,出家当尼姑是最适合她的选择。如果不去出家清修,还真是想不出在那个世界里,有什么是更适合她的归宿了。寻常男子配不上她的才情,富贵子弟沾染了满身的铜臭,书香门第却又配不上她的家世。总之,蔡文姬处在一个尴尬而又悬空的位置,史书上说她:"博学而有才辩,又妙于音律。"

这样的女子真是可遇而不可求的尤物,只是古话早已有之:"自古红颜多薄命。"蔡文姬在出嫁后,生活曾一度幸福美满,她的丈夫卫仲道才华横溢,对她也是疼爱有加,但可惜只一年时间,卫仲道便染病去世,蔡文姬又被人冠以克夫的恶名。这个女子在婚姻受挫后毅然离开婆家,可厄运却没有离她而去。

蔡文姬离开婆家后,不幸被掳去了南匈奴,被迫嫁给了南匈奴的左贤王。这样才华横溢的女子在那苦寒之地和那位虎背熊腰、不解风情的王爷成了夫妻,生活在和蔡文姬开了一个玩笑的同时,也将未来的光亮熄灭在了那黑沉沉的现实之中。

在南匈奴的那段日子,恐怕是蔡文姬人生中最黑暗的岁月了。虽然没有家务要她操持,身为人妇的蔡文姬却仍要承受内心的痛苦。可以想象这样一个出身书香世家的女子,该如何忍受异乡异俗的痛苦。而且就算是塞外的生活再怎样无忧无虑,也难以

百般相思难收鞘

抵消对故乡的思念之情,更何况来到这个遥远的地方并不是她的本意。蔡文姬在南匈奴度过了十二年的凄苦生活。能够为她解忧的,恐怕只有那深深烙印在心中的中原文化了,在风吹沙起的日子,蔡文姬对于眼前的悲惨境地满腹愁怨,无处诉说,只能诉诸纸笔。

西方有位哲人曾经说过:"苦难生活是创作的源泉。"蔡文姬只能写诗作文,这些文字成了她在南匈奴的那段日子里单薄的依靠。

> 我生之初尚无为,我生之后汉祚衰。天不仁兮降乱离,地不仁兮使我逢此时。干戈日寻兮道路危,民卒流亡兮共哀悲。烟尘蔽野兮胡虏盛,志意乖兮节义亏。对殊俗兮非我宜,遭恶辱兮当告谁?笳一会兮琴一拍,心愤怨兮无人知。
>
> ——蔡文姬《胡笳十八拍》节选

这是蔡文姬回到汉朝时所做的。生于乱世的蔡文姬深受其害,随同难民流亡的道路全是坎坷。烟尘中,匈奴人将她俘获,为了气节,她苟延残喘,这样的遭遇无人可以诉说,就算心伤而死也无人知晓。对生命无常的悲叹,令她在颠沛流离中学会了坚强,只有当吹响胡笳的时候,她才能获得片刻的宁静。

在为南匈奴的左贤王养育二子之后,蔡文姬接到了曹操将要接她回中原的消息。对于多年思恋故乡的蔡文姬来说,能返回故土自然是人生幸事,但离开匈奴就意味着要离开左贤王,离开她的孩子,这对已为人妻、人母的蔡文姬来说,又是撕心裂肺的痛楚。蔡文姬大概也是怀揣着这样的矛盾心理踏上返回故里的路途，而也正是这样的心情让她写下了传唱千古的《胡笳十八拍》。

胡笳是匈奴人常吹的一种乐器。在南匈奴的那十二年里，蔡文姬学会了吹奏胡笳，但是当她离开这片一直试图想远离的土地时，才知道时间真的可以将一个人的生命悄然改变，当你在一片土地上生活得越久，你的回忆就越厚重。所以，蔡文姬虽然选择了返回故乡，但她的人生注定残缺，因为她的大半记忆都将随着她的血脉一起永远留在南匈奴。

蔡文姬带着忧伤的心情回到了中原，幸福的生活似乎在向她招手。因为她的父亲蔡邕当过曹操的老师，而今曹操大权在握，他听闻蔡文姬文采斐然、才思敏捷，出于感恩之心，也出于爱才之心，才会接她回中土。蔡文姬在返回中原后，曹操做主将她许配给了陈留董祀。

然而命运却始终不肯放过这个可怜的女子，在与董祀相伴的日子里，蔡文姬并没有得到幸福，早年经受过的种种挫折和对远在他乡的孩子的思念之情无时无刻不在折磨着她，而这一切在董祀看来却又是不可理解的，他们的生活并不美满。

蔡文姬一生三嫁，命运多舛。她的一生似乎注定留不住男人，也留不住命运的垂青。如果一生就这样平淡无奇地过去，蔡文姬或许会在董家孤独终老，郁郁而终。但命运之轮不可遏制，带领着蔡文姬一步一步地走向了渺不可知的未来，董祀因为犯下错误，曹操要将他斩首示众。此时，蔡文姬做出了一个出人意料的举动，她来到曹操面前为她的丈夫求情。

百般相思难收鞘

按说蔡文姬和董祀之间没有多少夫妻情分,但或许是因为蔡文姬经历过太多人世间的生死离别,她不愿再见到身边人离她而去。当时正值隆冬时节,蔡文姬蓬头垢面,衣衫单薄地来找曹操。看到当日恩师的女儿如今这般模样,曹操心中一定也很不好受。所以,在蔡文姬开口提出让他饶恕董祀一命的时候,一向办事独断的曹操竟然法外开恩,将董祀放了。或许是因为蔡文姬受过太多的苦难,她泪流满面地提出请求时,已经由不得曹操不同意了。

于是,董祀就这样活了下来,好像一个奇迹,却真实地发生在了这个男人身上。至此他仿佛才看清楚了他一直忽视的这个女子身上蕴藏了多大的能量,在危难面前有着多么坚毅的胆量;至此他才看懂了这个一直在他身边少言寡语的女子其实心中充满了爱和温情。

蔡文姬所挽救的已经不仅仅是丈夫的性命了,还有她人生中最后的这一段婚姻。相传之后董祀便带着蔡文姬隐居山野,过起了神仙眷侣般的生活,曹操还去探望过他们几次,蔡文姬在历经沧桑之后终于苦尽甘来。关于蔡文姬这一生的三次婚姻,丁廙在《蔡伯喈女赋》一文中是这样说的:"伊太宗之令女,禀神惠之自然;在华年之二八,披邓林之曜鲜。明六列之尚致,服女史之话言。参过庭之明训,才朗悟而通玄。当三春之嘉月,时将归于所天。曳丹罗之轻裳,戴金翠之华钿。美荣曜之所茂,哀寒霜之已繁;岂偕老之可期,庶尽欢于余年。"

婚姻的不幸给蔡文姬一生带来许多悲苦,就如同她所作的那首《悲愤诗》一般,言之不尽的全是悲愤。

欲死不能得，欲生无一可。彼苍者何辜？乃遭此厄祸。
边荒与华异，人俗少义理。处所多霜雪，胡风春夏起。
翩翩吹我衣，肃肃入我耳。感时念父母，哀叹无终已。
有客从外来，闻之常欢喜。迎问其消息，辄复非乡里。
邂逅徼时愿，骨肉来迎己。己得自解免，当复弃儿子。
天属缀人心，念别无会期。存亡永乖隔，不忍与之辞。
儿前抱我颈，问母欲何之？人言母当去，岂复有还时？
阿母常仁恻，今何更不慈？我尚未成人，奈何不顾思！

——蔡文姬《悲愤诗》节选

  生亦何欢，死亦何哀，对于蔡文姬这样一位一生坎坷的女人来说，再多的挫折也只是命运同她开的一次玩笑罢了，就好像季节更替，四时变动一般。无论是对于父母的思念，还是忍痛抛下亲子的痛楚，对她来说都是可以忍耐的。对故乡的思念，令她含泪而去，虽然知道相聚无期，当孩子问她意欲何往时，她无言以对，因为她知道，再也没有回来的时候了。

  后人认为这首诗"真情穷切，自然成文，激昂酸楚，自称一格"。但其实这只是蔡文姬作为一个女人，于世间来来回回度日和婚姻的进进出出之间体味到的酸楚与甘苦罢了。

宫廷女人的墓志铭

《红楼梦》中的贾宝玉说:"女儿是水做的骨肉。"自古以来,女子一直是温婉可人、柔弱动人的。但其实在一定的时机,一定的地点,配合上一定的契机,女人也会爆发出比男人更为强大的欲望。

在那个时候,一切传统意义上的贤德都不见了,取而代之的是膨胀的野心和残忍的杀戮。而能刺激到女子这个爆发点的地方,通常都是皇宫。一入宫门深似海,女子进入皇宫无疑是进入了一个活死人墓,终日等待着皇帝的临幸,希望可以一朝得子而宠爱加身。

班固在《西都赋》中就提到过:"后宫则有掖庭、椒房,后妃之室。"

所以,在那个特殊的地方,女人的命运通通变得单一无趣起来。为了改变命运或者寻求某种心理上的安慰,那里的女人通常会比宫外的女人心思缜密、手段毒辣一些。

就好像汉高祖的结发妻子吕氏一样,在高祖还是草莽之时,她操持家事、贤惠勤劳,是一位典型的中国传统女性,但是在她进入皇后这个角色后,一切都变得不一样了。她为人阴狠毒辣,手段残忍,就连一些男人都自愧不如。吕氏之所以在后来有了如此大的转变,除了她自身的原因之外,她所处的环境也是主要因素。

作为皇帝的女人,往往是十分悲哀的,她们不但要与众多女人分享自己的丈夫,还要担心自己随时会被人陷害诬赖。为了自保,更是为了能在这个女人国中占据不败的地位,吕氏的转变是必然的,她只有这样,才能将整盘棋局掌控在自己的手中。

虽然历史上也不乏一些知书达理、识得大体的后宫女子,但在面对强权的时候,她们通常都是以悲剧收场,就像之后被吕后砍断手脚的戚夫人,虽然她认为自己从不争权夺利,但在那个不讲公平只讲力量的世界,在帝王的宠爱之中,谁承担得越多,谁付出的代价就越大,这就是那个后宫所谓的规则。戚夫人为此付出了生命和尊严的代价,而胜利者吕氏其实也并没有笑到最后,孤独终老也算是对她的惩罚。其实,这个世道有时候也很公平,吕后的前车之鉴,为汉武帝刘彻敲响了警钟,所以,他对后宫妃子更多的只是需求,而不会付出爱,这也令那个时代的后宫更多了几分哀凉,陈阿娇就是其中的一员。有些后宫女子,她们没有才德,不会明哲保身,也没有手段,不会如同吕后那样夺得胜利果实,她们只是凭借着自己的天生容貌博得帝王片刻欢娱,然后便不知所以、得意忘形。陈阿娇无一例外地符合上述的这些条件,所以她的下场便是荣誉一时之后,便被打入冷宫。《长门赋》序中写道:"孝武皇帝陈皇后时得幸,颇妒。别在长门宫,愁闷悲思。闻蜀郡成都司马相如,天下工为文,奉黄金百斤,为相如、文君取酒,因于解悲愁之辞。而相如为文以悟主上,陈皇后复得亲幸。"

想来,司马相如是懂得阿娇的寂寞的,不然,他不会写出打动汉武帝的赋词,让阿娇重拾往日的幸福。男人的心,总还是念旧的,结发妻子的凄苦现状,最能触动男人的心。所以,司马相如写道:

百般相思难收鞘

　　夫何一佳人兮，步逍遥以自虞。魂逾佚而不反兮，形枯槁而独居。言我朝往而暮来兮，饮食乐而忘人。心慊移而不省故兮，交得意而相亲。

——司马相如《长门赋》节选

　　佳人轻移玉步，香魂飘散而无法相聚，因为独自居住而身形俱损，圣上答应会前去探望，却因为新人笑，而忘记了旧人哭，从此绝迹不再相见。他与别的美人相亲相爱时，早已忘记了旧人的苦楚。司马相如的赋词果然了得，寥寥数语，便切中要害，直入主题，令阿娇往昔泼辣蛮横的形象荡然无存，而只是以一个娇俏可人的小女子形象出现，楚楚动人，惹人怜爱。

　　《长门赋》虽长，但无一不是在表达阿娇在寂寞之中深感罪孽，想起当日的娇蛮内心愧疚，日夜都睡不踏实，夜半醒来，仿佛感觉到帝王就陪伴在身边，哪料只是一场梦幻而已。

　　忽寝寐而梦想兮，魄若君之在旁。惕寤觉而无见兮，魂迁迁若有亡。众鸡鸣而愁予兮，起视月之精光。观众星之行列兮，毕昴出于东方。望中庭之蔼蔼兮，若季秋之降霜。夜曼曼其若岁兮，怀郁郁其不可再更。澹偃蹇而待曙兮，荒亭亭而复明。妾人窃自悲兮，究年岁而不敢忘。

——司马相如《长门赋》节选

　　夜深时忽然觉得君王躺在身边，惊醒后发觉原来是美梦一场，顿时魂魄失散，犹如死亡降临一般痛苦。鸡鸣虽然已经响起，但还是午夜时分，不得寐后，只能挣扎坐起，一直坐到天亮。看着天边的星光，犹如秋之霜降一般清冷，庭院深深，却盛不下这许多的感伤，只得看岁月翻覆。究竟是故人已然被遗忘于这深宫永巷之中，还是帝王太过繁忙，不得探望。等待的滋味如此漫长而又心酸，妾身却是一日不敢忘记当日欢好的场景。

要说陈阿娇也算是聪明女子，她知道自己无法挽回帝王的心，便借助他人之手作赋来提醒汉武帝往日和自己的恩情。不过她不懂得知错就改，也不明白识时务者为俊杰，所以她只是暂时地挽回了刘彻的人，却没能永远地占据刘彻的心。这是那个时代所有女子的悲哀，她们在与别的妃子分享自己丈夫的同时，还要大无畏地做出心甘情愿的样子，以为这样才能博得帝王的赞赏，才能换来帝王下一次的恩宠，在这样终日心理不平衡的状态下，纵使再深明大义的女人，恐怕也是难以忍受的，因为爱情毕竟无法与他人分享。

同为皇后，吕后和陈阿娇相比，是吕后赢了，她毕竟安安稳稳地掌控了后宫那么多年，而阿娇却败得很惨，不但赔了皇后的位子，还将自己搭了进去。她曾经那么被汉武帝宠爱，留下了"金屋藏娇"的千古佳话，但荣华一时，过去的永远不会再回来。当她再次回眸时，摆在她面前的除了凄凉再无其他，为了和卫子夫争夺心爱的男人，她最终失去了所拥有的一切，而这也正是陈阿娇和吕后的最大不同。吕后所争夺的是权力，而阿娇只想赢得一个拥有至高无上权力的男人，但她们最终都成了宫廷中权力斗争的牺牲品。

百般相思难收鞘

　　在权力的斗争中，她们都没能寻求到一个最佳的平衡点，所以在偏执的追寻中，她们都迷失了自我。中国古代是很反对女人干涉政事的，红颜祸水的说法由来已久，可能是因为女人遇事更容易情绪化，用感性思维处理问题。但其实女人所要的并不多，只是男人常常忽略了付出而已。在那个男女身份地位悬殊的古代封建社会里，男人和女人总是围绕着权力来明争暗斗，在道德遮掩下的利益斗争其实从未停歇，只是时隐时现。

　　女人似水绕指柔，权力的欲火却令这汪温柔的水沸腾不已，让人敬而远之。但是透过表象，谁又能真正明白那些倒在权力墓碑下的女人内心所想。她们，或许只是寂寞太久。

佳人难再寻

北方有佳人，绝世而独立。一顾倾人城，再顾倾人国。宁不知倾城与倾国，佳人难再得。

——李延年《北方有佳人》

这是汉武帝时期的乐者李延年所作之歌，是专门为了赞美他的妹妹的绰约风姿而作的。话说当年李延年为了将自己的妹妹献给汉武帝，便精心编排谱写了这首歌曲，虽然不乏夸张，但的确起到了一定的效果，令汉武帝对这位倾国倾城的美人起了好奇之心。

相传那一日，本是汉武帝刘彻在宫中大摆宴席，宴请群臣的时候，平阳公主和那位宫廷的乐师李延年一起侍宴。就在汉武帝酒酣微醉之时，李延年献上了这样一首歌曲，女子的美无法形容，却让全城的人都要赞叹她的绝代风姿，那微微的一个回眸，能令许多人都心神向往、神魂颠倒。

刘彻一生文治武功，家国天下，从不将儿女私情放在心上，却唯独对李延年歌词中所唱的这位佳人念念不忘。他认为天下间哪会有这样的女子，便感慨道："世间怎么会有你唱的这样绝世的佳人呢？"

百般相思难收鞘

李延年这才坦白承认，他口中的这位佳人便是他的妹妹，天子纵使再矜持，在这美酒和佳曲的刺激下，也无法掩饰内心的悸动，他命李延年送他这位美貌的妹妹入宫。大概就连刘彻自己也不会想到，李延年口中的那位佳人果然国色天姿、倾国倾城，不但容貌美丽，而且体态轻盈，舞姿曼妙，精通音律，更是知书达理，于是皇恩浩荡，将这位女子纳为妃子，后人称其为李夫人。

刘彻对这位李夫人疼爱有加，从此后宫三千佳丽粉黛全无颜色，帝王只是终日与李夫人相偎相伴、长相厮守，这就是历史上有名的倾国倾城的故事。但是可惜的是，这样的故事注定是要早早画上句号的。就在李夫人恩宠正佳，还为刘彻产下皇子之时，她身患重病，卧床不起。眼看李夫人就要香消玉殒了，刘彻希望能探望他宠爱的女人一眼，却遭到了拒绝，刘彻不明白善解人意的佳人为何突然不近人情了。

李夫人心里很明白，她得宠于阿娇皇后被冷落于长门宫之后，卫子夫日渐失宠之时，皇宫的女人哪个能与君王白头偕老？虽然人前荣耀，但人后的辛酸又有谁真的知道？她进宫以来深受宠爱，刘彻对她从无半点怨言，可她明白，那是自己太过完美。而今重病在身，如果刘彻见到自己现在这般容颜憔悴、衣衫不整的样子，必定会心生厌恶，与其被帝王遗弃，不如先决绝地保持距离，有朝一日等自己离去，也能给刘彻一个美好的念想。

李夫人是明智的，作为一个拥有雄才大略的帝王，刘彻的冷静与冷酷也是出了名的。虽然他宠妃无数，但最终得到好结局的却是寥寥无几。娇宠的阿娇最终在冷宫中度过余生，谦卑的卫子夫虽然有着战功赫赫的弟弟，有着母以子贵的荣耀，但最终也没逃过命运的枷锁，在后宫的倾轧和阴谋中悲哀地死去。

还有那许许多多说不上名字来的妃子，她们为汉武帝刘彻生育皇子，却只能落得身首异处的下场。因为刘彻明白，不能为他的刘姓天下留下一点隐患，当日吕后专权的雾霾还没有散去，所以刘彻要斩草除根，为了天下，他对佳人的舍弃毫不犹豫。李夫人知道，自己今日的恩宠也只是暂时的，如果要长久地得到刘彻的思念，便只有急流勇退。

果然，在李夫人病逝之后，刘彻依然日夜思念这位带给了他无数欢乐的女子，一生没能忘怀，还写下了一首赋词，悼念他的这位妃子。

> 美连娟以修嫭兮，命樔绝而不长。饰新宫以延贮兮，泯不归乎故乡。惨郁郁其芜秽兮，隐处幽而怀伤。释舆马于山椒兮，奄修夜之不阳。秋气憯以凄泪兮，桂枝落而销亡。神茕茕以遥思兮，精浮游而出畺。

——刘彻《悼李夫人赋》节选

上天创造这样美丽的人，却又不让她带着美丽长存。李夫人死后，武帝专门为她修建了宫殿，希望可以与她在里面相会，失去她的生命就好像城郊凄惶的坟墓，充满了忧伤和静谧。刘彻在李夫人的坟茔那里长久停留，从黑夜直到白天，秋日折落的桂枝就像美丽的李夫人一样，让人充满思念，但是这思念却永远无法抵达彼岸，哪怕灵魂出窍也无济于事。只能让这份绵绵的眷恋在

百般相思难收鞘

银河的这端徘徊,缥缈之间,渐行渐远。

字里行间全是对李夫人痴情绝对的思念,如果不是真的读到这篇赋词,谁又能相信这样缠绵悱恻的爱恋之情会是出自刘彻的内心深处呢?这位被刻骨铭心记在了刘彻内心的北方佳人已经成为一缕香魂,飘然而去。但是她的绝代风姿却令昔日的汉武大帝肝肠寸断,或许李夫人真的是对的,她以死换来了尊严,也换来了永世的思念。"惨郁郁其芜秽兮,隐处幽而怀伤。"世间的生死相依太过频繁,人们在已经忘记感动的时候,却忽然为这样一首赋而感伤起来。

美人芳踪难觅,帝王情牵一线,这大概就是苏轼词中如同月圆月缺一样的情形,此事古难全。

> 悲愁於邑,喧不可止兮。向不虚应,亦云已兮。嫶妍太息,叹稚子兮。悷栗不言,倚所恃兮。仁者不誓,岂约亲兮。既往不来,申以信兮。去彼昭昭,就冥冥兮。既下新宫,不复故庭兮。呜呼哀哉,想魂灵兮!

——刘彻《悼李夫人赋》节选

武帝的哽咽,冥冥之中却并没有得到回应,就这样随风而逝吧!李夫人留下的孩子还小,因为当初约定要好好照顾他,便不能因为思念而使得自己身体削弱,不愿意再回到原来相爱的宫殿里,因为死亡让一切无可挽回。

呜呼哀哉!冥冥之中的天意竟这般残忍,将你带走不留下丝毫的痕迹。呜呼哀哉!如果早知道是这样的结果,当初为何还要爱到深入骨髓？呜呼哀哉！但愿你的灵魂可以安息，但愿对你的思念可以永久。

　　帝王的情爱素来浅薄，不过李夫人却能抓住刘彻一生的思念，可见英雄帝王也有内心柔软的牵挂。虽然之后刘彻依然有很多的宠妃，但李夫人无疑已经深深地植入他的内心深处，这个女子的美色倾国倾城，其心性更是无人能比。

　　皇宫，根本是一个不该有爱的地方，能存活下的念想少之又少，所以，李夫人选择独自度过一生最后的时光，为的就是博得刘彻那少之又少的思念。女人大多神经纤细、情绪敏感，她们希望爱得彻底、爱得纯粹，但李夫人大概是从一进宫就明白，她面前的这位汉武大帝，她爱不起，也爱不完，与其最后孤苦收场，倒不如及早退出这段爱情。白居易曾为李夫人感言道："人非木石皆有情，不如不遇倾城色。"

　　说得也对，李夫人对刘彻或许应当是感激的，如果不是刘彻的赏识，她纵使再如何倾国倾城，也只能是"养在深闺人未识"；而刘彻也应当一生保留着对李夫人的思念，这个女人不但将一切都奉献给了他，还为他在这个世上留下了那么温馨的念想，比起那些后宫中只知道博取他宠爱的女人来说，李夫人为他所做的事情，实在太多了。

　　刘彻感慨："是邪非邪？立而望之，偏何姗姗其来迟。"李夫人是幸运的，她在一生中最美丽的时刻遇到了刘彻，又在一生最美丽的时刻离开了刘彻，让刘彻还来不及不爱，她就在故事结束前走开了，让故事永远没有了结局，只留下那一连串省略号，画出了故事无尽又无奈的尾声。

  李夫人与刘彻虽然有君臣之别,但他们之间的感情就如同知音知己一般,爱情反而只像一个媒介。总的来说,爱本是缘分,只是在那个时代,缘分已尽,佳人的翩跹离去,留给帝王一生的思念。

  刘彻将李夫人的墓地安置在了自己的陵墓之中,生生世世地在一起,也算是弥补了帝王的一个遗憾。后来唐朝诗人李商隐游览汉武帝陵墓时,为其作诗一首:"通灵夜醮达清晨,承露盘晞甲帐春。王母不来方朔去,更须重见李夫人。"

昭君怨，走出深宫又入胡地

汉家秦地月，流影照明妃。
一上玉关道，天涯去不归。
汉月还从东海出，明妃西嫁无来日。
燕支长寒雪作花，蛾眉憔悴没胡沙。
生乏黄金枉图画，死留青冢使人嗟。

昭君拂玉鞍，上马啼红颊。
今日汉宫人，明朝胡地妾。

——李白《王昭君》二首

　　这是唐朝盛世时期诗人李白为王昭君题下的一首哀婉怜惜的诗。

　　不论是汉朝还是唐代，它们都是中国历史上熠熠生辉、无可替代的两个兴盛王朝，那段辉煌的岁月至今都拥有着无法抹去的光辉。只是流年似水，美人如花，这似水流年的如花美眷，无论如何也难以抵挡住那大漠猎猎的风沙和塞外孤苦的岁月。

　　王嫱，字昭君，生活在汉代最为鼎盛的时期，在最为美丽的年华，她作为秀女，被选入宫中。虽然古时候的女子对于自身的命运并没有多大的掌控权，但身在民间，起码也可以享受夫妻之乐，家庭幸福。而一旦被选入皇宫，除非皇帝宠幸，不然只能日复一日地在那繁复的宫墙之后空度余生。相传虽然王昭君年轻貌美、才艺双全，但是因为清高过甚，不肯贿赂画师毛延寿，所以毛延寿为报复她，在她的画像上做了手脚，故意将她画得丑陋不堪，令汉元帝看后无心宠幸，所以，昭君在进宫之后，一直是孤身独处，独自挨过那寂寞的岁岁年年。

为了与匈奴化解侵扰汉朝多年的边疆问题，两朝提出了和亲的决议。汉元帝不忍心让自己的公主去匈奴的苦寒之地受苦，便想从宫女中挑选一名女子前去，而令他没有想到的是，所去之人正是从前被他遗弃的王昭君。当王昭君真真切切地站在他面前的时候，汉元帝才意识到自己当日犯了一个多么大的错误，可是说出去的话犹如泼出去的水，更何况他是九五之尊，便只能忍痛割爱，将王昭君献给了当时的南匈奴单于呼韩邪。

时值中原的阳春三月，正是春暖花开的好时节，可怜王昭君这一柔弱女子，竟然要远赴他乡万里，前去塞外那寒风凛冽的地方。如果不是哀莫大于心死，她又何必背井离乡呢？但如果说这一切都是命运的安排，那就只能坦然接受了。

后人都说王昭君大义凛然，为国为家，其实一个古时候足不出户的弱女子，在她的心中家国的地位果真就比天下还高吗？如果她生活幸福，如果她儿女双全，是否又会前往匈奴那不毛之地，甘愿做和亲使者呢？一切都只是猜测而已。

事实上王昭君的离开对汉元帝的打击是巨大的，这位皇帝没有想到在自己的后宫中竟然一直住着这样一位宛若天仙的美人，而自己却被蒙在鼓里，所以他一怒之下就斩杀了当日那位画师毛延寿。但一切已经于事无补了，王昭君沿着自己的命运轨迹一步步地离开了中原大地。

在前行的漫漫长路上，王昭君病倒了，在养病的时间里，她想到了这一去可能就无法再回头，于是便写信给汉元帝，希望可以为她的父母兄弟解决生活问题，"马后桃花马前雪"，教人如何不回头。

王昭君就这样将自己和那个她生活了几十载的中原故土割断了联系。之后南匈奴单于对她很好，夫妻两人也有了子女，膝下承欢，这对在皇宫里独守空房的王昭君来说，也不失为一种别样的幸福生活，或许她的选择是对的，但时间总会改变一切。在王昭君还没有对这幸福体验深刻的时候，单于的病逝令这个女子再次陷入绝境，失去依托。命运的不公正一次又一次地降临在这个弱女子身上，难怪后人有诗作曰："千载琵琶作胡语，分明怨恨曲中论。"王昭君不能不怨恨，她也应当怨恨，毕竟生活对她有着太多的亏欠。

王昭君远远看着她的家乡中原大地，她在天之涯，家乡在地之角，当刺骨的冷风刮过，不但冷在身上，更冷在心里。几经别离，身处异地，这样的人生，真是冷到了极致。所以她才会写出《怨诗》，伤心到深处，便无处话伤心了。

秋木萋萋，其叶萎黄。有鸟处山，集于苞桑。
养育毛羽，形容生光。既得升云，上游曲房。
离宫绝旷，身体摧藏。志念抑沉，不得颉颃。

百般相思难收鞘

虽得委食，心有徊惶。我独伊何，来往变常。
翩翩之燕，远集西羌。高山峨峨，河水泱泱。
父兮母兮，道里悠长。呜呼哀哉！忧心恻伤。

——王昭君《怨诗》

秋日中葱郁的树木，已经枝叶金黄，寄居山里的飞鸟放声歌唱。故乡的山水使得它们羽毛鲜亮，天边的云霞却将昭君带入深宫之中。宫中的寂寞就如同被困的金丝鸟一样，当失去自由，梦想便如同大山沉沉地压下，虽然每日锦衣玉食，但她总是茶饭不思。命运依然没有改变，如同远行的飞禽一般。王昭君将自己搁置在远离中原的匈奴，无论是真实的目光，还是缥缈的思念，都无法穿越那层层大山的阻隔，山高水远，家里的父母亲人，大概此后便是后会无期了吧。昭君的一曲《怨诗》真唱出了她当时义无反顾和犹如死灰的心境。

命运丝毫不肯放过她，王昭君在二十四岁时，丈夫去世，按照匈奴的制度，王昭君应当嫁与新一任单于，这对于从小恪守礼教的王昭君来说是不可忍受的。她写信回汉室求助，但可惜得来的只是冷冰冰的"遵从旨意"，王昭君虽然是无奈地下嫁给了大阏氏的长子雕陶莫皋，但感情还算笃定。两人经过了十几年的夫妻生活后，单于再一次去世，这时的王昭君已经年近四十，对于一个女人来说，她经历万事，已经没有什么看不开的了。随后的日子里，王昭君独自为匈奴和汉朝的边疆关系协调做着努力，使得边疆出现了少有的平和与宁静。

只可惜她的力量最终还是难以抵挡历史的脚步，之后的匈奴经历过一系列的争权夺位之后，早日定下的边疆和睦条款早被遗忘干净，硝烟再起，烽火再续。王昭君知道，自己已经是无能为力了，面对这样的局面，她只能远远观看，最后抑郁而终，再没能回到那片令她魂牵梦绕的中原故土。昭君死后，葬于当地，因为她的墓依山傍水，始终草色青葱，所以王昭君的墓地又被后人称为"青冢"。大漠深处，倩影翩跹，从青冢中走出来的芳踪难寻影迹，始终令人心生怜惜，像青冢上的青草，密密地疯长。

后宫妃嫔的自悼赋

在汉成帝的后宫之中，有名女子为班氏，因她的名字无法考究，只能得知她是越骑校尉班况的女儿，进宫后被选为婕妤，所以后人常以班婕妤来称呼她。班婕妤为人貌美、聪慧，更有着世间少有的才情，所以后来有一个名叫纳兰容若的男子专门为她写了一首《木兰花令·拟古决绝词》，词中所言："人生若只如初见，何事秋风悲画扇。"看似平淡无奇的诗词中，却藏着深深的叹息。或许这个千年之后的男子懂得班婕妤身处后宫之中的寂寞与彷徨，不然，他为何能体会到那哑然无措的无助呢？

班婕妤进宫正是皇后许氏人老珠黄，失去恩宠之时，素来好美色的汉成帝正欲寻觅一名可以替代许皇后的人，班婕妤就适时地出现了。如果说这是命运，只怕也太过巧合了一些。随后便是恩宠加身，万千荣耀，汉成帝为班婕妤的美貌而倾倒，更为她与生俱来的清淡气质所折服，这个女子不但可以与他耳鬓厮磨，也可以在他心神不安的时候为他带来平静，与其说班婕妤是他的妃子，不如说是知音。汉成帝对班婕妤专宠多年，但班婕妤庄重自持，太过拘泥于礼教礼法，时间一久，汉成帝的热情自然在悄无声息中流淌干净。

在一次微服出游时，汉成帝遇到了一名歌女，这女子娇艳动人，歌舞曼妙，汉成帝怦然心动，将此女子带回宫中，从此缠绵厮守，班婕妤便被冷落一旁，这名女子便是赵飞燕。飞燕飞入汉宫，便是班婕妤寂寞的开始，一切来得如此突然，但又都在预料之中。

但是班婕妤又如何能与汉成帝等同呢？汉成帝是全天下的帝王，而她却只是后宫里一个可有可无的女子，他们没有共同的价值观，自然也不会有共同的目标与未来。随着年华老去，青春不再，她只能成为寂寞宫墙内的一粒尘埃，卑微地消隐掉。这就是那个后宫里所谓的潜规则，是人人都懂得的道理，班婕妤聪明伶俐，自然也是明白的。她的生活变得寂寞无奈，所以在一个寂寞的时刻，她以团扇自比，填下一首《怨歌行》，道出这人世间翻云覆雨的变幻。

> 新裂齐纨素，鲜洁如霜雪。
> 裁为合欢扇，团团似明月。
> 出入君怀袖，动摇微风发。
> 常恐秋节至，凉飙夺炎热。
> 弃捐箧笥中，恩情中道绝。

——班婕妤《怨歌行》

钟嵘的《诗品》评此诗说："《团扇》短章，词旨清捷，怨深文绮，得匹妇之致。"沈德潜在《古诗源》中，也说它"用意微婉，音韵和平"。班婕妤声声自问，本是干净如雪、代表浓情蜜意的团扇，一直被君王捧在怀中，微摇清风，驱除暑气，怎地就突然被弃于一旁，将一切恩情通通断绝了呢？

这首《怨歌行》写得再好，也难以掩去班婕妤内心的哀伤，山盟虽在，情意不再。汉成帝在与赵飞燕耳鬓厮磨、难舍难分之时，何曾记起过宫墙的另一端还有一位女子，在思念他，为他伤怀。

在看到赵飞燕夺走了昔日她所拥有的一切时，班婕妤的内心是愤恨还是耻辱，我们已经无从得知了，但她一定知道，要想日后过上清净无扰的日子，恐怕不那么容易了。赵飞燕骄纵放肆，贵倾后宫，任谁都无法与她抢夺圣宠。班婕妤自然明白作为前宠，赵飞燕对她一定会有所动作。为了远离是非，班婕妤自愿提出要去长信宫侍奉太后。可要知道，后宫便是是非之地，她身处其中，总难逃脱是非纠缠。

她韶华之时久居长信宫后，就远离了淡柳丽花，每日只与自己为伴，或许她偶尔也会想起从前君王爱恋之意正浓时，那时，班婕妤的任何作为都是美好的。曾经有一次，汉成帝要班婕妤与他同乘一辆车子，这在当时的人看来是莫大的殊荣，因为汉朝的制度十分严格，皇帝所乘坐的车子为"辇"，妃子是断然不可与帝王同乘一辆车子的。而班婕妤虽获得了这样的荣誉，却婉言拒绝了。

或许在那时的班婕妤看来，自己永远都是汉成帝臂下依偎生长的娇艳花朵，任凭外面风吹雨打，她只是自顾自地发出最鲜嫩的绿芽，惹来外人无数艳羡的眼神。可在班婕妤韶华正好之时，谁也不会料到，她的结局竟然是如此。那一直被奉为不灭的神话，在须臾之间，已然悄悄被遗失在了月光如水的深夜之中。

最难测的是帝王之心。于是寂寞之时，她便写下了这样一首赋词，为她自己，也为汉成帝，还为她那份缠绵了数年，无疾而终的情感。

历朝历代女子中，班婕妤的才华可谓是凤毛麟角，单看她所作的这首《自悼赋》便可以看出她的才情之高。虽然她居住在最好的皇宫之中，过着最好的生活，但是这些都无法弥补她日复一日的空虚。在恩宠不再的时候，她才知道一切皆是如水流逝。班婕妤在无声无息的哀吟中便将在宫墙之内的苦闷之情抒发得淋漓尽致，不可谓不厉害。

岂妾人之殃咎兮，将天命之不可求。白日忽已移光兮，遂晻莫而昧幽。犹被覆载之厚德兮，不废捐于罪邮。奉共养于东宫兮，托长信之末流。共洒扫于帷幄兮，永终死以为期。愿归骨于山足兮，依松柏之余休。

——班婕妤《自悼赋》节选

才情是班婕妤与生俱来的，她只不过随笔一挥，便会写出透彻人心的诗词歌赋，然而在那深如汪洋的后宫之中，才情并不是令女人立于不败之地的法宝，反倒是那销魂的风情，才能捕获帝王的心，得到帝王的宠幸。班婕妤自然明白这个道理，不然她也不会在辞赋中叹道，自己的灾难是自己造成的。天命不可强求，白昼的日光已然移去，暮色的黯淡悄然降临，天地赋予的厚德不能因为自己被遗弃的罪过而丢掉。情愿养于东宫而不外出，直到终老。但愿死后可以回归自由，依山傍水，埋于松柏之下。

在那个唯有依靠男人的时代，班婕妤孤独地走了出来，她以为这样就可以度过清净的后半生，但岂能料到寂静的日子更难度过。其实班婕妤并不算是运气最差的，起码她得到过爱，比起那些一生埋葬在宫墙之内的无数女子来说，她已是万幸。

汉成帝死后，她请愿去为这个爱过她又抛弃了她的男人守陵，终日与墓碑相伴，度过了她人生的最后五年时光，便从容地离开了人世，也终于离开了那个禁锢她一生自由与爱的后宫。所以，她应该是虽死犹生。

在班婕妤死后，人们对她有诸多论断，其中梁代的钟嵘在《诗品》中评论班婕妤："从李都尉迄班婕妤，将百年间，有妇人焉，一人而已。"清朝的纳兰容若词中的"等闲变却故人心，却道故人心易变"又何尝不是班婕妤的心声？而王国维《人间词话》里推崇纳兰："北宋以来，一人而已。"都只是一人而已，这便是纳兰可以跨越时空对班婕妤相知相惜的理由，也是班婕妤令纳兰为之神伤不已的理由。

有时候，爱和恨一样漫长无期。在班婕妤生命的河流里，一定也曾有过激扬澎湃的浪花，只是，这浪花随着时间的流逝逐渐归于平静。当繁华落去，班婕妤最终闭目的时候，她会不会感慨人生如水、人生似梦？

红尘妖娆惹人怜

女子之器，女子之形

汉朝女子大多扮相典雅，红绸小袄，罗衫长裙，便是那个时代的女子最为普遍的装束。衣袂摩挲声中，那足底的木屐声更让她们增添几分妩媚。那应该是与现代女子截然不同的精神风貌，细碎的脚步声足可以道出汉家女子令人惊颤的华美。

开篇点出木屐，是因为在传统的中国古代文化中，鞋子的地位很高，清代诗人沈德潜在他所著的《古诗源》中就记载过："行必履正，无怀侥幸。"

在古人的心目中，鞋子与人们的道德观息息相关。秦汉时，鞋子通常称为履，材料以木材为主，走起路来踢踏作响，和现代流行的凉拖有着异曲同工之妙。

虽然今日的女子有各种各样、种类繁多的化妆打扮工具，但是在资源匮乏的古代，女子对于自身的修饰和打扮也是丝毫不含糊的。

在湖南长沙东郊附近发现的汉朝墓穴马王堆里被挖出的、千年不腐的女尸，以及她身后隆重而繁华的陪葬品，使得这具女尸以及这座汉墓一度成为人们的关注热点。从这个女子和她的墓穴可以看出，汉朝女子的生活也很丰富多彩。

经过考古学家考证，这名女子被称为辛追夫人，通过容貌还原，也可以看出辛追夫人体态端庄、典雅富贵，应该是一名大富大贵的汉朝女子。而随着对辛追夫人墓穴的深入探查，人们愈发了解，当时汉朝的女性是多么注重容貌体态。

在辛追夫人的墓穴中出土了很多女性的衣服和饰品。衣服的剪裁很精细，虽然有的衣服有着西域服饰的民族样式，但更多的还是绣有图案和文字的汉族服饰，工艺精良，色泽鲜艳。可以看出那时的女性对于穿戴十分讲究，不论是皇亲贵族，还是平民女子，在衣着上都体现出了自己的特色。而除了衣物之外，女性的饰物更是数不胜数、种类繁多。从辛追夫人的陪葬物品中，考古学家还发现了两顶假发。不要以为佩戴假发是近些年才流行起来的，早在遥远的汉朝，女性就已经开始为了修饰自己的发式而搭配合适的假发了。

古代女子的头发大多很长，梳理起来也很麻烦，所以就需要一些辅助的工具将长长的头发固定在头顶上，这时，簪子等物件就派上用场了，而假发的使用使得头发的打理变得更容易些。由此可见，古人的聪明程度不可小觑。古人也将其一一记录在案。

日出东南隅，照我秦氏楼。秦氏有好女，自名为罗敷。罗敷善蚕桑，采桑城南隅。青丝为笼系，桂枝为笼钩。头上倭堕髻，耳中明月珠。缃绮为下裙，紫绮为上襦。行者见罗敷，下担捋髭须。少年见罗敷，脱帽著帩头。耕者忘其犁，锄者忘其锄。来归相怨怒，但坐观罗敷。

——无名氏《陌上桑》节选

清晨的日光倾斜而下,善于养蚕的罗敷踏着晨光前往城南采桑。精致的妆容,配合衣裙的搭配,所有见到罗敷的人都立足而视,忘记了自己手中的活计。古人对于美的赞颂总是含蓄而内敛的,但也正是因为如此,才使得人们对他们所塑造的美人形象十分向往。罗敷的美貌在这里从未被正面描述过,但轻描淡写的侧面烘托足以让人过目难忘。

虽然汉代描写女性的辞赋和诗作并不多,但在这为数不多的作品中,可以看到一个共性,汉代的文学作品中描写女性多是从她们的穿戴服饰和神态体貌来进行铺展,就好像今天的社会中,人们所看重的并不仅仅是一个女人的相貌,而是这个女人的气质和整体的感觉。所以,从这里就可以看出,女性在汉朝的地位还是比较高的。

女子的美除了修饰之外,还有天生的条件,对女子容貌之美的描述也不可缺少,楚辞高手宋玉在他的《登徒子好色赋》中就写到了"增之一分则太长,减之一分则太短;著粉则太白,施朱则太赤。眉如翠羽,肌如白雪,腰如束素,齿如含贝"。这里对女子的神态之美描写得出神入化,读后耐人寻味。

而曹植的《洛神赋》是中国文学史上的名篇,其中他对甄氏的美貌也有过一段精湛的描写,和宋玉的《神女赋》一起树立了一种女性美的典范,在传统文学中影响极大。千百年来,我们对女性的审美取向,也深深受到这两首赋的影响。其实二人对于女性的描述都十分含糊,没有明确地说明这名女子有多美,只是通过种种比喻,在读者心中勾勒出一个模糊而又动人的形象,却让人无法清晰地看到这个女子的面容。

红尘妖娆惹人怜

在古人的眼中,美人要身形俊美,但心灵和品德的美尤为重要。在《陌上桑》中,罗敷面对使君的调戏,就敢于机智反驳,使君哑口无言。

使君遣吏往,问是谁家姝?"秦氏有好女,自名为罗敷。""罗敷年几何?""二十尚不足,十五颇有馀。"使君谢罗敷:"宁可共载不?"罗敷前置辞:"使君一何愚!使君自有妇,罗敷自有夫。东方千馀骑,夫婿居上头。何用识夫婿?白马从骊驹。青丝系马尾,黄金络马头。腰中鹿卢剑,可直千万馀。十五府小吏,二十朝大夫,三十侍中郎,四十专城居。为人洁白晰,鬑鬑颇有须。盈盈公府步,冉冉府中趋。坐中数千人,皆言夫婿殊。"

——无名氏《陌上桑》节选

在《陌上桑》中,罗敷的形象是阳光而活泼的,但她的美丽同样不可忽视,她可以令在农田里忙活的人们忘记干活,她也可以令使君对她垂涎三尺,但是她更懂得洁身自好,不攀附富贵,冷静地以自己的机智令使君颜面扫地。

面对使君的诱惑,罗敷丝毫不为所动,她口中的夫婿不但一表人才,而且德才兼备,前途无可限量,罗敷的一番夸赞明里是为自己的夫婿,暗里却是讥笑使君的昏庸无能。

和《陌上桑》有异曲同工之妙的还有《羽林郎》。在《羽林郎》中,同样美丽的女子胡姬更懂得把握分寸,但又不失礼于人。

胡姬年十五，春日独当垆。长裙连理带，广袖合欢襦。
头上蓝田玉，耳后大秦珠。两鬟何窈窕，一世良所无。
一鬟五百万，两鬟千万馀。

——辛延年《羽林郎》节选

  胡姬和罗敷一样是美艳动人的，但是她们都是内心纯洁的女子，所以，她们的美令人只可远观而不会亵玩。汉代女子的形象在这些诗文中逐渐丰满起来，我们虽然无法透过辞赋看清楚她们绝艳的容貌，但却可以了解到她们的美不可方物。

  关于汉朝女子的描述不会被历史遗忘，体态轻盈的赵飞燕，在汉宫中翩翩起舞，令汉成帝魂牵梦绕；汉武帝宠爱的李夫人，在患病的最后一刻，虽然满面病容，但依然我见犹怜；才华横溢的班昭，在编著《汉书》的同时，依然不忘训导自身的德行。她们是汉代女子中难得的尤物，因为有了她们，大汉才有了如梦如幻的点缀，才有了让后世百转千回的思恋。

红尘妖娆惹人怜

妻不如妾，妾不如偷

曹雪芹的《红楼梦》中，关于秦可卿和公公扒灰的那一段虽然隐晦，但依然为后人所津津乐道。豪门之内的伦理是非，本就是众人口中的饭后闲谈。但值得我们关注的是，为何这些男女非要苟且着做出如此不堪入目的丑事？他们位高权重，财大气粗，本不必如此偷偷摸摸，却甘愿冒着败坏自己名声的风险，也要享受片刻的欢愉。

其实关于婚姻与爱情的孰是孰非，本就不是一两句话可以说得清楚的。都说"清官难断家务事"，婚姻中的是是非非就更难三言两语地说清道明了。

曹雪芹将公媳之间的秘密抖搂得引人入胜，而汉朝一首乐府诗也将婚姻中两性的关系描写得入木三分，妻子的卑微和无奈，丈夫的无情和后悔，还有那个并未出面的第三者的尴尬和窘态，都栩栩如生地呈现了出来。

> 上山采蘼芜，下山逢故夫。长跪问故夫："新人复何如？""新人虽言好，未若故人姝。颜色类相似，手爪不相如。""新人从门入，故人从阁去。""新人工织缣，故人工织素。织缣日一匹，织素五丈余。将缣来比素，新人不如故。"
>
> ——无名氏《上山采蘼芜》

从诗中可以看出，这位妻子心灵手巧、勤劳能干，当初与丈夫结合之后，二人想必也过了一段神仙眷侣的生活。至于之后为何被抛弃，丈夫为何另觅新欢，诗中并没有解释。有一篇关于《上山采蘼芜》的文章中，提到了这样一个观点，作者认为是妻子无法生育、为夫家传宗接代，所以才被驱逐出门的。不知道这位作者是从何考证到这个史实的，但也不妨照着他的思路想下去。如果是这个原因，那么妻子与丈夫的分开应该算是被逼无奈的，丈夫迎娶别的女人也是为了那古代男人传宗接代的使命。

无论如何，这位妻子的命运是凄惨的，在重新见到丈夫后，她关心的是接替她位置的女人是否比她更贤惠。而丈夫的回答似乎能让她宽心一些，虽然自己离开了，但接替她的人并没有比自己更好、更合适，这也能让丈夫有意无意中想念自己。

然而，男人的欲望是没有止境的，正如汉武帝刘彻的爱妃李夫人感叹的那样：“大凡以色事人，色衰而爱弛，爱弛则恩绝。”李夫人是委屈的，但她也有着不能被践踏的尊严。所以在生命垂危的最后关头，她坚决不见汉武帝，为自己留住了那一点点的尊严。这个女人无论生前还是死后，都被后人传为了美谈，成为刘彻想忘却不能忘记的回忆。

李夫人在面临死亡的那一刻不再畏惧高高在上的帝王权威，为自己争取到了比生命更难得的尊严；而《上山采蘼芜》中的妻子却没有这样的意识，抑或是她没有这样的胆识，在休书下达的时刻便悄无声息地离开，在重遇前夫的时候低眉顺眼地问候。这些都是封建时代女性身上必有的品德，但也成了她们不幸生活的源头。

世事总是不公平的,男人可以三妻四妾,女子却只能三从四德。在被生活折磨得人老珠黄之后,她们还要忍受男人无情的抛弃或是不负责任的寻花问柳、纳妾的行为。但古时候的女子好像已经习惯了听天由命一般,她们几乎从不反抗,男人在这方面却似乎有永无止境的欲望。上到帝王,下到平民百姓,三妻四妾成了天经地义的事情,就连大多数的女人也认为这是她们的命运,从不加以阻止或者抗议。

班昭帮助班固完成了《汉书》的最后章节,为史书的修订作出了很大贡献,但是就连这样一个知书达理的女人也对自身命运毫无把握之意。她编写《女诫》,训导女性要遵循妇道,永远无条件地顺从妇道,这样才能保持夫妻间美满的关系。

这位古代著名的女历史学家就这样宣判了自己和古代的女性,她认为顺从是女子最大的美德,男人就算在外面花天酒地、胡作非为,做妻子的只要管好自己的本分就可以了。但是她又哪里知道在那个男权社会里,委曲求全并不会换来幸福,妻子作为正室,通常最大的作用是一个家族的标志,她必须得体大方,温柔贤惠,待人有礼。妻子的作用已经不再是和丈夫相依相爱,而是要和丈夫相配,为的是让别人看起来更为和谐,所以这样一个女人必然要失去很多值得人疼爱的地方。丈夫自然会心猿意马,讨个小妾回来弥补妻子身上所欠缺的。

可话又说回来了,妾的地位卑微,她们虽然可能貌美如花,风情万种,但毕竟嫁作他人妇,就要有做妻子的样子,所以她们的可爱之处也会少了那么几分,时日一长,丈夫自然无法满足,便会想要外出"偷吃"。古时候青楼生意红火,也是因此而起。

就连皇帝也难免动心,他们虽然有着三宫六院七十二妃,但是那些貌美如花的女子在程序化的训导下早已失去了她们本真的活泼和可爱。于是,才有了宋徽宗夜会李师师的佳话。在那个时代,女子往往被遏制了这份天性,于是男子便只能寻找刺激,放弃伦理规范。

心理学家认为,偷摸的行为能给人带来快感,而这快感还很容易上瘾。于是,有家室的男人外出偷会成了一种娱乐。但是在这份娱乐背后,又有多少女子暗自垂泪、无奈和凄惶呢?

食色，皆是性也

《古诗十九首》中写道："昔为倡家女，今为荡子妇。荡子行不归，空床难独守。"

从良的妓女，在自己窗前守候远行的丈夫，周而复始的日子将等待打磨得逐渐单薄。

女子将她痴心的等候用直白的语言写进诗歌里，通过文字淋漓地演绎这些讳莫如深的话题，虽然古代的男女在封建礼教的约束下显得拘泥，但他们也有着自己炙热如火的情感表达方式。

在古代，女子被要求谨守妇德，不能因为丈夫出门在外，便夜夜笙歌。汉朝的女子将内心压制的欲望诉诸诗歌之中，就好像《古诗十九首》中的这一首一样。

在这些诗句中，我们可以看到单纯的情感释放，虽然之后王国维在《人间词话》中曾对此做过这样的评价，"可谓淫鄙之尤。然无视为淫词、鄙词者，以其真也"，但是也能从中看出汉朝的妇女对于正常的婚姻需求是敢于表达的。

王国维大概认为女子就应当为丈夫守节，不论丈夫在外是生是死，女子都应当将自己搁置在一个无欲的世界之中，言语行为都不可以透露出半点的不雅，将人类自然的欲望杜绝得一干二净。

但人的天性无法抹杀，所以在汉朝，对于性的追求也有几分不加掩饰，这在许多汉赋中都可窥见端倪。比如，汉成帝与赵飞燕、赵合德姐妹之间的生活就被后人详尽地描述了出来。不仅如此，当时汉朝的许多文人都喜欢写这方面的题材，虽然很多已经年久失传，但依然能从一些历史碎片中找到一点蛛丝马迹。这些汉赋直言不讳，毫不掩饰地将这些内容表达了出来，其中最为出众的，也最为直白的，便是东汉的蔡邕所作的《协和婚赋》。

> 惟情性之至好，欢莫备乎夫妇。受精灵于造化，固神明之所使。事深微以元妙，实人伦之端始。考遂初之原本，览阴阳之纲纪……
> 惟休和之盛代，男女得乎年齿。婚姻协而莫违，播欣欣之繁祉。良辰既至，婚礼以举。二族崇饰，威仪有序。嘉宾僚党，祁祁云聚。

——蔡邕《协和婚赋》节选

这是一首描写男女新婚之夜的赋，虽然流传在后世的已经不甚完整，但从这些残留的语句中还是可以看出，对于人类之间正常的性生活，蔡邕一点也没有避讳，反而竭尽所能，将之描写得绘声绘色。男女结成连理，受天地之造化，听神明的指引，阴阳协和，进行男女双修之术，虽然此事奥妙难懂，但确是人伦的最初、遵循阴阳的纲纪。

在那个时代，年岁渐长，婚姻相协和，传宗接代是正常的事情。在婚礼礼仪完毕，嘉宾落座入席之后，便是洞房花烛夜的开始。如此直白的描述，令人读后面红耳赤，惹得后世的钱锺书老

红尘妖娆惹人怜

先生大为不满,认为蔡邕枉为文人,并在《管锥编》中对他严词批评,认为他所写的这首赋是中国淫乱之始作俑者,其中一些句子十分露骨,甚至成为中国后世一些淫词艳语的专用语言。

在人类发展的初期,尤其是封建社会发展的初期,人们对于男女之间的道德伦理并没有后来那么深的认识,在汉朝还依然保留着诗经时代的古朴民风,人们随性而为,没有受到封建礼教过多的束缚。

就如同汉朝的另一篇文学作品《陌上桑》中所写的那样,罗敷可以与使君在光天化日之下调笑对质,而蔡邕的女儿蔡文姬则一生嫁了三个男人,可见在汉朝,对于女性贞烈这样的认知还并不明确。也正是如此,汉朝才有许多文章描写男女之间不可启齿的情事。蔡邕还写过《青衣赋》,所写细节同样大胆露骨,但是最后的收尾却是十分细腻。

明月昭昭,当我户扉。条风狒猎,吹予床帷。河上逍遥,徙倚庭阶。南瞻井柳,仰察斗机。非彼牛女,隔于河维。思尔念尔,怒焉且饥。

——蔡邕《青衣赋》节选

这是一首描写恋爱之中的人,因为思恋爱人而不得寐的作品。在皎洁如水的月光下,倚靠着窗户,当风吹过床帷,轻纱漫动之时,远在他方的爱人啊,你在哪里?我们就好像是天上的牛郎和织女,相爱的人只能相互思念,见面遥遥无期。

此赋隐喻地表达了婢女对情郎的思念之情，虽然没有《协和婚赋》中那样直露的字眼，但也能从中看出汉朝时期人们对于人性自由的追求。除了蔡邕，还有许多文人也有此类作品，例如司马相如的《美人赋》，虽然表面上是在谈政治，但其实也是在隐喻地说男女之间的隐讳之情。还有继蔡邕之后的阮瑀，他在作品《止欲赋》中写道："睹天汉之无津，伤匏瓜之无偶，悲织女之独勤。"

从以上的这些赋词中我们可以看出，在当时的人们看来，或明确或隐喻地表达内心对男女之情的思慕并不是什么不可饶恕的罪过，反而是一种正常的情感宣泄。不仅汉赋中有许多这样的描写，就连汉朝的诗歌中也能找到类似的描写，例如东汉时期的张衡，一首名为《同声歌》的乐府诗，让人读后不禁耳面通红。

> 邂逅承际会，得充君后房。情好新交接，恐栗若探汤。
> 不才勉自竭，贱妾职所当。绸缪主中馈，奉礼助蒸尝。
> 思为莞蒻席，在下蔽匡床。愿为罗衾帱，在上卫风霜。
> 洒扫清枕席，鞮芬以狄香。重户结金扃，高下华灯光。
> 衣解巾粉御，列图陈枕张。素女为我师，仪态盈万方。
> 众夫所希见，天老教轩皇。乐莫斯夜乐，没齿焉可忘！

——张衡《同声歌》

在这首《同声歌》中，张衡从女性独有的羞涩敏锐视角，将新婚之夜里洞房内发生的事情用新奇和欢娱的口吻写出。

诗中提到素女和轩皇两位传说中的房中术鼻祖，作为新婚男女的老师，不断研析，其中所得到的快乐，让人难以忘怀。

除了张衡之外，另一位东汉诗人繁钦也写过类似的诗歌，例如《定情诗》："思君即幽房，侍寝执衣巾。时无桑中契，迫此路侧人。我既媚君姿，君亦悦我颜。"从中也能看出男欢女爱的影子来。诗歌中的男女因为偶遇而暗生情愫，彼此心生好感，于是私密幽会，私订终身，虽然有些鲁莽草率，但可以看出那时的男女思想开放，并且情感真挚，敢于表达。他们没有像之后的人们那样严格地管束自己，而是开放坦诚地接受并表达着自己的内心所想。

色也，空也，在那个时代，虽然没有《诗经》中斩钉截铁的誓言，也没有宋词里缠缠绵绵的缱绻，但是人们的心性得以从色戒中走出，各种意味令人无限遐想。

捉住长安飞扬的裙角

刘邦是有眼光的,长安四面环山,沃野千里,不但农业发达,而且贸易通道发达,司马迁曾在《史记·货殖列传》中记载道:"汉兴,海内为一,开关梁,弛山泽之禁,是以富商大贾周流天下,交易之物莫不通,得其所欲……"其盛景可见一斑。

恰如当时西汉的一句民间谚语所言,"用贫求富,农不如工,工不如商,刺绣文不如倚市门"。经商自古以来就是发财致富的最佳路径。自从张骞从西域归来,对汉武帝描述了一番塞外美景之后,好大喜功的刘彻便下定决心,要打通一条通往西域的商道。随后,汉武帝便真的付诸行动,不断派出士兵去打通通往西域的商路。起点就从长安开始,为当时长安的商业繁荣发展做了铺陈。

成群结队的商队从长安出发,他们带走的是大汉的文明,带回来的却是一袋又一袋的奇珍异宝和珍贵货物。各国的商人慕名而来,他们在长安落脚,为天子献上各地的宝物,越来越多的人在长安进行商业贸易,长安日益繁华起来。

正是因为经商可以迅速致富,所以,长安的官员贵族们也开始从事商业活动,他们的加入令商人的这支队伍更加庞杂,而他们利用政治地位之便,与百姓争夺生意利润的事情也是层出不穷。在那个时候，汉朝政府真的就依靠商业为国库谋得了一大笔财富。

当时的长安城里是九市一起开，不同的货物摆放在路边，等着客人来挑选，拥挤的人潮使得车辆都无法回旋。各地人都来长安经商，他们在闹市中集会，不论富贵与否，都频繁地参与商业活动。

长安的繁荣被看作是朝代兴盛的标志之一，许多文人为了歌颂帝王的丰功伟绩，纷纷提笔写赋词，为的就是将大汉朝的繁荣记入史册，留待后人瞻仰。班固作为当时的文人，自然也免不了要歌颂一番，于是，《西都赋》里，长安城的繁华景貌跃然纸上。

乡曲豪举，游侠之雄，节慕原、尝，名亚春、陵，连交合众，骋骛乎其中。若乃观其四郊，浮游近县，则南望杜、霸，北眺五陵。名都对郭，邑居相承。英俊之域，绂冕所兴。冠盖如云，七相五公。与乎州郡之豪杰，五都之货殖，三选七迁，充奉陵邑。盖以强干弱枝，隆上都而观万国也。

——班固《西都赋》节选

乡土豪绅、游侠豪杰，从四面八方赶来长安，驰骋其中。四郊近县，南北相望，意气风发的贵族们从这些地方来到长安，还有朝廷选中的七相五公、州郡豪杰，都是西汉政府为了削弱地方势力，壮大京城实力，专门迁移来担当供奉皇陵的重任的。

长安百姓的生活也很滋润富足，就像胡姬一样，虽然出身卑微,但却乐观积极,对于一些不好的人或事总能乐观看待,这是当时长安城内的大环境所造就的。

胡姬是《羽林郎》中的女主角,在这首辛延年所写的作品中,胡姬的形象最为吸引眼球。她的穿着打扮和行为举止颇具特色。这首《羽林郎》以胡姬的生活片段,带出了整个长安城里百姓们生活的景象。

> 昔有霍家奴,姓冯名子都。依倚将军势,调笑酒家胡。
> 胡姬年十五,春日独当垆。长裾连理带,广袖合欢襦。
> 头上蓝田玉,耳后大秦珠。两鬟何窈窕,一世良所无。
> 一鬟五百万,两鬟千万馀。不意金吾子,娉婷过我庐。
> 银鞍何煜爚,翠盖空踟蹰。就我求清酒,丝绳提玉壶。
> 就我求珍肴,金盘脍鲤鱼。贻我青铜镜,结我红罗裾。
> 不惜红罗裂,何论轻贱躯!男儿爱后妇,女子重前夫。
> 人生有新故,贵贱不相逾。多谢金吾子,私爱徒区区。
>
> ——辛延年《羽林郎》

十五岁的酒家女胡姬,身形窈窕,容貌俏丽,每天抛头露面招揽生意,阅人无数,成日里对无数的匆匆过客笑脸相迎,她分得清楚谁是好人,谁是坏人。男人对这样的女子总是多几分轻薄之心,而胡姬也能机智地应付过去。诚如诗中所言:"人生有新故,贵贱不相逾。"胡姬忠于自己的感情,愿意从一而终,而不会嫌贫爱富,抛弃原有的郎君去攀高枝。

谁说女子不如男,胡姬小小年纪,便能在酒肆中独当一面,还能不坠入俗流风尘之中，依旧保持女儿纯洁心性，可见其品质高洁。

如果说那些富贵的商人壮大了长安的商业贸易活动，那么小小的胡姬便是这群人中微不足道的点缀。正是因为有胡姬这样自食其力的人存在，长安才更显得繁荣有趣。当然，除商业之外，农业也是必不可少的活动。

长安内外良田千亩，每当农忙的时候，自然也是农民最为快乐的时候，那是对一年丰收的喜悦。当时的一首采莲歌就充分地表达了他们的这种喜悦。采莲多是女孩子所为，她们娇俏的身影时隐时现在荷叶之中，更显得其乐融融。

江南可采莲，莲叶何田田。鱼戏莲叶间。鱼戏莲叶东，鱼戏莲叶西，鱼戏莲叶南，鱼戏莲叶北。

——无名氏《江南》

这首《江南》是《乐府诗集·相和歌辞·相和曲》中的一首，可以算得上是采莲诗歌的开山鼻祖之作了，全诗通过简单质朴的描写将人生中快乐的因素展露无遗。所以在后人的眼中，这首民间诗歌显得十分可爱，清朝文人沈德潜将《江南》这首诗看作是"奇格"，他认为这首诗意境清幽，文字朴素，十分易懂。另一位清代文人张玉穀认为《江南》虽然是在写采莲的乐趣，但却是只写莲叶，令人读后在心中展开一幅美好的景象，接天莲叶无穷碧中，能想象到荷花的清幽宜人。

在这首看似反复吟唱的乐府诗歌中，其实有着古代民歌朴素明朗的风格，在这片江南的风景中，千年后的读者所能看到的已经不仅仅是荷叶之美，而是蕴涵、沉淀其中的盎然古意。这些简单的诗句仿佛可以穿透千年岁月，让我们看到当时那热闹非凡的场面，在采莲人的船下，游来游去的自在小鱼，也带来了采莲人当时会心的微笑。

此类民歌的最初创作者已经无法考证，但其实这无关紧要，因为这种民歌大多是民间百姓的无心之作，他们只是将当时大自然的一片活泼生机表现出来，所以，这是可遇而不可求的、不可复制的大自然之音。

余冠英先生认为"鱼戏莲叶东"以下四句，可能是"和声"。前三句由领唱者唱，而后四句为众人和唱。但不论如何，这都是一首欢快的歌。

时过境迁，往事已经斑驳得不见踪影，今日再次畅游其间，不论是荷叶田田还是都市中人潮拥挤，我们依然可以从空气中嗅到当日的热闹气息。或许，繁华真的可以穿越古今，透过层层时空，令今日寻访之人嗅得芳菲。

饮酒求仙乐逍遥

秋风辞，内藏君王心病

说起汉武帝，应当从金屋藏娇开始；谈大汉朝，应该从"文景之治"开始。可是，汉武帝却不肯在泰山之上为自己留下一块丰碑，一切便都有了被后人杜撰的可能。无字丰碑，千古功过，任凭人说。这样平静的心态让人哑然，像叶孤城的一招快剑，无痕地划过长空，优雅无声地在时空中雕琢出不可抹去的痕迹。

后人常说，中国之政得于秦始皇而后行，中国之境得于汉武帝而后定。那么，这样一个英雄盖世的男人，在当日的大汉天朝下又有着何种作为呢？

其实，刘彻虽然贵为九五之尊，他早年的身世却十分离奇。据说他的母亲王夫人并不是待字闺中的小姐，早在进宫之前，王夫人就已经嫁作人妇了，只不过王夫人的母亲在女儿出嫁后遇到一位高人指点，说王夫人将来要大富大贵，所以王夫人的母亲才强行将她从原有的婚姻关系中拉了出来，并通过关系把王夫人送入了皇宫。

王夫人在进宫后不久就得到汉景帝刘启的临幸，很快有了身孕。刘彻从小就聪明伶俐，颇有帝王风范，深受汉景帝的喜爱。在刘彻十六岁的时候，体弱多病的刘启就将皇位传给了他。至此，这位年纪轻轻、未及弱冠的少年便成了大汉朝的统治者。

刘彻继位后锐意改革，他号召天下的能人志士来为他尽心效

饮酒求仙乐逍遥

力，其中就有不少名垂青史的文人墨客。威武大将也是刘彻亲自挑选的。这个年轻的君主试图实践他心中所规划的宏伟蓝图，他的踌躇满志需要一个得以爆发能量的机会，而这个机会在不久之后就来临了。不过可惜，初出茅庐的刘彻没能赢来改革的胜利，而是败在了当时以窦太后为首的顽固势力之下，虽然损失惨重，但这更坚定了刘彻的决心。在不断的努力下，刘彻的权力愈加牢固，这个有为的帝王一生壮志凌云，不甘落于人后。从刘彻继位以后的种种做法都可以看出他是有着远大抱负和理想的，他在登基九个月之后曾写下一份诏书，意思大概是要让大汉朝的百姓五谷丰登，丰衣足食，而且还要周边的国家对他俯首称臣。

但要知道理想与现实总有着巨大差距，虽然刘彻在位期间功劳无数，将汉朝时期的中国发展成为那时的鼎盛强国，但随着年龄的增长，这位自负骄傲的帝王也逐渐意识到了一些人事的无常。公元前113年，刘彻率领群臣到河东郡汾阳县祭祀后土，归去的途中传来南征将士的捷报，他将当地改名为闻喜，沿用至今。当时正值秋风萧飒，大雁南飞，刘彻乘坐楼船泛舟汾河，饮酒赏景，忽然触景生情，感慨万千，写下了这首千古绝唱《秋风辞》。

秋风起兮白云飞，草木黄落兮雁南归。兰有秀兮菊有芳，怀佳人兮不能忘。汎楼船兮济汾河，横中流兮扬素波。箫鼓鸣兮发棹歌，欢乐极兮哀情多。少壮几时兮奈老何！

——刘彻《秋风辞》

开篇两句，清远流丽，清代文人沈德潜读后批出"《离骚》遗响"四个字。在这首短小的《秋风辞》中，刘彻将自己一生的情感波折展露无遗。整首诗以景物起兴，接着描写楼船中载歌载舞的热闹景象，透过这热闹繁华的景象，刘彻看到了人生的匆忙流逝，感叹岁月真是如风如雨，从指尖匆匆溜走，不留给人一丝喘息的机会。人生易老，是这位帝王内心深处始终忌讳的事情。

据《汉书·武帝纪》推算，刘彻作《秋风辞》时大概四五十岁，正是快到知天命的年纪，他贵为天子，拥有三千佳丽、九州国土，比平民百姓更难抛舍，因而叹人生易逝，也在情理之中。从诗中可以看出，刘彻是不愿意老去的，因而极力寻求仙方，妄想得道成仙。正因为壮年时期的成功和意气风发，才使得他更加不愿意离开这个带给他许多成功和满足感的舞台，他要不惜一切代价地留下来。

从一句"欢乐极兮哀情多"就可以看出，刘彻虽然是堂堂大汉朝的君王，但他依然不快乐。这个世界带给了他太多的快乐，所以也使得他愈加悲伤，这看似矛盾的命题其实是刘彻作为一个成功君主的心病所在。当盛年不再，看着自己越来越衰弱地老去，甚至死去，这对刘彻来说，应该是无法忍受的吧，所以他才会在晚年的时候做出让后人无法理解的荒唐事，只为留住生命的片刻欢愉。

人的生老病死难以避免，就算是君王也难逃这一劫，再多的荣华富贵也只是过眼云烟。当一切随着死亡而不复存在的时候，想到这一切，又让人如何不忧伤呢？更何况在万物萧瑟的秋季，看着满目萧然的景色，又该如何释怀呢？如果成为神仙，就不用为这一切担忧，春夏秋冬无法对生命构成威胁，就不用日夜在这里悲叹生命的短暂。

草木易衰，人生易逝，与短暂的富贵相比，漫长的死亡更会令其心生感伤。《秋风辞》的突兀结尾，以凄婉含蓄的感叹收住，极尽曲折缠绵之情，就好像沈德潜所言："文中子谓乐极哀来，其悔心之萌乎？"虽然比起《离骚》的文辞略逊一二，但文中的情结却并不逊色。这位汉武大帝，一生文治武功，但最终还是没能逃脱出对命运轮回的恐惧。

求仙访道，不过一场镜花水月

汉武帝的好大喜功尽人皆知，作为盛世帝王，汉武帝的确功不可没，但这并不能成为他居功自傲的资本。他到了晚年骄奢淫逸，大兴土木，求仙问道，妄图通过觅得不老之方来巩固自己万古长青的基业。这在现在看来是极其荒唐的事情，生老病死本就是自然规律，是任何人都无法改变的。

但在遥远的古代，人们相信在海的那一头有一座蓬莱仙岛，岛上居住着神仙，他们可以令凡人长久地存活下去。当年的秦始皇就是基于这样一个理想，大肆出动人马求取长生之方，虽然未果，却丝毫不能阻止汉武帝对神仙踪迹的探寻。

有关汉武帝求仙访道的故事很多，以至于连这位皇帝的出生都披上了神秘的外衣。相传，汉武帝的母亲在怀着汉武帝的时候，梦里出现奇异的景象，而当她告诉汉武帝的父亲汉景帝刘启时，刘启很高兴，认为这个孩子有着非同常人的禀赋。果然，刘彻从小聪明伶俐，有帝王之相，因为他母亲的那个梦，他的父亲刘启称他为"彘儿"，对他的宠爱非同一般。而这个"彘儿"在登上帝位，开始他的宏图伟略之时，逐渐走入的却是一个他自己当初想都没有想过的窘境。

自古帝王，哪个不想长命百岁，千年不老。在统治的巅峰，看到自己的国土和自己的子民对自己顶礼膜拜，处于这样

饮酒求仙乐逍遥

的位子，长生不老便成了汉武帝最为迫切的追求。可是，当局者迷，旁观者清，司马相如看到汉武帝求仙心切，以至于忽略了生老病死的规律，他无法对君王坦言，只得隐晦地在辞赋中提及。

世有大人兮，在乎中州。宅弥万里兮，曾不足以少留。悲世俗之迫隘兮，朅轻举而远游。乘绛幡之素蜺兮，载云气而上浮。建格泽之修竿兮，总光耀之采旄。垂旬始以为幓兮，曳彗星而为髾。掉指桥以偃蹇兮，又旖旎以招摇。揽欃枪以为旌兮，靡屈虹而为绸。

——司马相如《大人赋》节选

汉武帝你虽然在中原地区，拥有万里江山，但丝毫不知道稍加停留。世事艰难险阻，不如飞身远游，旌旗翻动，乘坐云气飘浮于高空，以格泽星云作为旗杆，以五彩祥云作为旗帜，以旬始星作为旗帜下的幡，拉过彗星作为舞动的羽毛，将旖旎的虹用作包裹旗杆的锦练。这些都是司马相如凭着想象描绘出来的。

司马相如写这篇赋是对汉武帝的成仙梦的提醒，婉转地表达仙佛之道是无法走通的，因为那般旖旎的世界，只能是在海天的尽头，离开人世后才可能拥有。所以，在现世还是要清醒一些。

言者有意，听者无心，司马相如好像在闲话家常，但其实句句都是正经之言，汉武帝高高在上，对成仙的执着已使他变得固执而且不可理喻。司马相如的几句劝慰，又怎么能入他的耳朵呢？

司马相如是西汉著名的美男子，虽然略有口吃，但无法遮掩其逼人的英气和因文采斐然而超脱的风骨。千百年来，人们对他的《凤求凰》热情不减，一个人可以做到如此地步，可谓是一生无憾了。

不论时代的审美观如何变换，司马相如一直是浪漫主义的先锋人物。对于他的浪漫，历代古书中都有赞颂，他和卓文君的那一段故事也被后人无数次地吟唱。而这位美男子心底的宏图大志却无人知晓，他的志向原本是经世济民，有一番大作为。

对于晚年的汉武帝，司马相如的劝诫是有针对性的，虽然司马相如一生的形象是以奉承阿谀为主，但是这位才思敏捷的文人也时不时地会对汉武帝的一些不可取的做法提出意见。虽然这篇《大人赋》中有许多关于神仙之类的描写，看似是对汉武帝求仙访道行为的探讨，但司马相如的主要宗旨却是表明他自己仕途进退的内心矛盾。对于一个盛世不遇的文人来说，命运的可笑之处就在于生逢其时，却不谋其事。司马相如就是这样的一个例子，他奋斗一生，所换来的也仅仅是一场镜花水月，犹如汉武帝的那场成仙梦一样虚无缥缈。

所以，司马相如想到了归隐，但他又实在不甘心就这样退出他奋斗了终生想要崭露头角的舞台。其实，司马相如和汉武帝的心境是十分相似的，司马相如舍不去那片官场土地，而汉武帝则不愿意放弃寻找传说中的仙境乐土。两人都在为着一个不可能达到的目的地而前行，内心的迷茫几乎是相同的。

汉武帝刘彻早年文治武功，使得汉室发展到了无以复制的辉

饮酒求仙乐逍遥

煌地步,但这位皇帝在晚年却陷入到对生命的恐慌之中。在他看来,垂垂老矣的尽头便是死亡的无尽黑暗,而死亡后的另一个世界是令人恐惧的。刘彻可以大刀阔斧地为他的王国开辟一条崭新的大道,可他却无法为自己改变已然走到尽头的生命轨迹。于是他想要寻求一种近乎荒诞的方式来实现内心的愿望,就好像当日的秦始皇一样,他们同样是中国伟大的帝王,却难以逃过死亡的阴霾,这或许就是宿命,一种人类从洪荒时代到如今都无法解开的心结。

司马相如希望可以借着神仙的名义来求得汉武帝对他的注意和重视,而汉武帝却只注意到了他所提到的神仙之境,两人所关心的事情根本不同。而且,晚年的汉武帝对求仙访道几乎到了痴迷的地步。或许会有人问,鬼神之说为何令一个千古帝王如此神迷呢?

其实这并不奇怪,正是因为身处高位,所以对于延长生命变得愈加渴望,而汉武帝正是因为曾经的丰功伟绩,所以才希望可以将他一手创下的盛世永远延续下去。

虽然儒学和经学在汉朝的时候大行其道,使得汉朝的文学具有一定的功利性质,但其实仔细研究一下就能发现事情并非如此简单。汉朝的文学艺术秉承了楚文化的精髓,和神话、鬼神、历史还有其他一系列意象构成了一个琳琅满目、精彩缤纷的世界。在那个世界里,有着对鬼神和神话的描述,但其描述的基础建立在人对客观世界征服的本质之上,而并不是出于对鬼神的敬畏和对人生苦短的恐惧。

汉代琅华照寒烟

在汉代的神话题材文学作品中,人们没有痛苦的吟咏和悲哀的感叹,而是很愉快地追求着羽化登仙的过程,希望可以早日得道成仙,将人生继续下去。就如同李泽厚先生在他的著作《美的历程》一书中所提到的那样:"这个历史时期的人们并没有舍弃或否定现实人生的观念;相反,而是希求这个人生能够永恒延续,是对它的全面肯定和爱恋,所以,这里的神仙世界就不是与现实苦难相对峙的难以到达的彼岸,而是好像就存在于与现实人间相距不远的此岸之中。"

可以说汉朝的神仙世界是一个浪漫神奇的国度,这自然也就是汉武帝还有多数汉朝皇帝梦想着成仙得道的原因了。因为在他们的臆想中,仙境是一个比皇宫还要奢华的温柔乡,那里不仅有着生命的永存,还有欲望的满足。所以汉武帝在晚年几乎疯狂地寻求成仙之方,使得政事被耽搁,民间百姓多受苦难,这也给他之前的伟绩抹上了一道不光彩的色彩。也难怪唐代史学家司马贞在《史记·孝武本纪》后的"索隐述赞"中对汉武帝颇有微词:

孝武纂极,四海承平。志尚奢丽,尤敬神明。坛开八道,接通五城。朝亲五利,夕拜文成。祭非祀典,巡乖卜征。登嵩勒岱,望景传声。迎年祀日,改历定正。疲耗中土,事彼边兵。日不暇给,人无聊生。俯观嬴政,几欲齐衡。

——司马贞《史记·孝武本纪》索隐述赞

饮酒求仙乐逍遥

虽然汉武帝令四海升平,但他穷奢极欲,尤其敬畏神明,常年祭祀登高,使得民资耗费巨大,当初积累下来的富贵就要被消耗殆尽了,比起嬴政可算是有过之而无不及。

司马相如率性而为,汉武帝执迷不悟,二人在那一场求仙访道的浩大壮举中各自将生命演绎至极致。然而这些在今日看来,不过都是一场镜花水月、浮名富贵而已。

纵慕风骨，不舍尘世

无论历史怎样标榜自己的客观，它终究还是胜者写下的自传。

汉武帝刘彻浓墨重彩般的存在，让同族男子的种种风采被一再淡化，淮南王刘安即是其一。刘安仪表不凡，才思敏捷，在他十六岁的时候，以长子的身份世袭了淮南王的爵位，从此在淮南一带养尊处优，舞文弄墨，和一帮文人骚客在一起吟诗作对，过着贵族锦衣玉食的生活。

这位王爷如果一生就这样度过，倒也不算什么稀奇，只是刘安偏偏不愿意安分守己，他觉得自己应当与刘彻平分天下，所以，他的悲剧也就此铸成。刘安的父亲刘长是刘邦与一名姬妾所生，因为之后的政治变动，刘长的母亲受到了牵连，被抓捕入狱，所以在生下了刘长之后，便羞愤自尽。

这样的身世让刘长有着很深的心理阴影，用现在的话来说，便是有着严重的心理偏执症。他认为全世界都欠他的，所以他要加倍讨还。成年之后，刘长恣意妄为，目无法纪，在淮南一带自立门户，俨然是要将淮南当作自己的世外桃源，而不愿再受朝廷的管束。

但是刘长精心谋划的篡位阴谋被人揭发，流放边疆而死。刘安在这样的环境下长大，自然内心也不会健全，虽然有了父亲的前车之鉴，但刘安依然要冒险犯上，执意要谋反来夺取皇位。只不过刘安行事更为小心谨慎。在蛰伏期间，他每日读书、弹琴、下棋、炼丹，表现出对黄老之术的热衷。

中国人历来有着崇拜未知神明的传统，例如求雨要拜祭雨神，筑桥要拜河伯等。在古人看来，他们有着令凡人无法抵御的能力，所以理应被大家顶礼膜拜；而在刘安看来，黄老之术更是能让他得道成仙的捷径，所以这位才高八斗的才子才会终日沉迷于炼丹或者与方士论道之中。

当时的汉武帝崇尚"罢黜百家，独尊儒术"，而刘安崇尚黄老之术，提倡无为之治，与汉武帝的治国方针大相径庭，这是汉武帝所不能容忍的。作为他的皇叔，刘安自然也不会轻易妥协，两人在信仰上出现了差异，而因为当日父亲的死和母亲的自杀，刘安更是将心中郁结通通归咎在了刘彻的身上，这些都为刘安日后的起兵造反埋下了导火索。

不过，刘安毕竟还是一个文人，他虽然懊恼刘彻与他的思想南辕北辙，但在实力还没有壮大的情况下，他并没有做出任何过激的举动，而是召集各方门客，编著了一本专门为神仙方术、无为而治的思想正名的书，就是流传后世的《淮南子》。

《淮南子》其实就是刘安与汉武帝的统治思想相辩论的一本书，刘安主张无为而治，他希望通过这本书来将他的思想更为清晰地传播出去。他留存下来的《淮南子》，一共分为二十一卷，包罗万象，主旨在于无为。讲究神仙之道的刘安，将道家思想作为贯穿全书的主要思想，涉及哲学、政治、医学、文学等领域。

虽然流传至今的《淮南子》已经不甚完整，但是从这部分的内容中，我们依然可以看到这本书政治目的之外所蕴含的丰富文化遗产。这本书不但将一些人们耳熟能详的神话故事记录其中，还将对古人一些政绩的评点写在了里面。不但对保存我国古代的神话有着突出的贡献，更是刘安政治思想的表达。刘安是一个崇尚神明的人，所以他的思想不自觉地就会蒙上一层神秘色彩，这也是他在编著《淮南子》时，赋予这本书的一大特色。

从世界观的认知讲，《淮南子》认为"道始于虚霩""道始于一"，而在对于宇宙大体的看法上，则认为"所谓无形者，一之谓也。所谓一者，无匹合于天下者也。卓然独立，块然独处，上通九天，下贯九野，圆不中规，方不中矩，大浑而为一"。所以，在刘安的理念中，他是一个唯心主义者，但同时也是一个唯物主义者。

因为有了《淮南子》，刘安更不容易被后人遗忘，他对神话故事的汇编和整理，使得后人对古籍中神话的理解更加明朗。这个一生都相信神仙之道的人，却为后人开辟了一条不同凡响的道路。

> 煌煌上天，照下土兮。知我好道，公来下兮。
> 公将与余，生毛羽兮。超腾青云，蹈梁甫兮。
> 观见瑶光，过北斗兮。驰乘风云，使玉女兮。
> 含精吐气，嚼芝草兮。悠悠将将，天相保兮。

——刘安《八公操》

饮酒求仙乐逍遥

天上煌煌之光,将凡尘照耀,知道我喜好仙道,所以特派来术人帮助我羽化登仙、腾云驾雾。不但可以观赏瑶池之风光,更可以欣赏北斗的风云变幻。玉女口吐精气,令人嗅着犹如幽兰一般芳香。这是刘安心目中得道成仙的境界。

刘安是文采与仙名并著的贵族。相传他对于求仙访道的热情高涨,十分入迷。只要可以找到任何一点和神仙有关的信息,他都不放过。不论是远在深山的道士,还是民间土方,只要被他知道,就算花费重金也要得到。关于这一首《八公操》还有一个典故。

当日刘安在招人撰写《淮南子》的时候,所招来的方术之士多达上千人,而这些人之中又以八名方士尤为出名,他们因仰慕刘安而来投奔,这令刘安感到欣喜若狂,认为天下的人才归他所用,便写下了这首诗歌来歌颂这件让他感到无比荣幸的事情。

《八公操》所描绘的羽化登仙、神游天上的境界惟妙惟肖,也将刘安内心的膨胀和张扬之感展露无遗。刘安希望远离红尘俗世,过着神仙般逍遥自在的日子,但总是事与愿违,刘安终究无法超脱出他自己内心的仇恨和欲望。对于一个身处盛世的王爷来说,还有什么能比天子之位更具有挑战性呢?

刘安的叛乱并不是偶然的,他虽然相信黄老之术,认为无为才是治理天下最好的方法,但是这一切不过是幌子罢了。自古以来,基于对皇位的觊觎,多少人前仆后继地倒在了通往皇位的大道上,刘安也不例外。他的野心最终膨胀到了无可附加的地步。

最终的结果仿佛历史的重演，如同他的父亲一样，刘安还没有起兵就已被通缉，被迫自杀。据说他死后，府里的那些术士们为了营造神神鬼鬼的气氛，将刘安平时炼丹用的瓶瓶罐罐摆放到院子中间，然后令院子中的鸡、狗去舔舐这些瓶瓶罐罐，意思是刘安已经羽化登仙，同院的这些鸡狗们也同样沾了刘安的仙气，一起升天了。这是刘安留给后世最大的一个讽刺，有一个成语因而产生："一人得道，鸡犬升天。"

刘安已随历史远去，留下的仅有他组织编著的《淮南子》，或许是努力不够，所以才被迫自杀，难成正果的刘安是否会对自己的一生产生怀疑，究竟是世界错了还是他错了？那一本可以观天地之象、通古今之事的《淮南子》无法为我们揭晓答案，日渐沉入暮色的历史，用它独有的颜色慰藉匆匆而过的人们。

饮酒求仙乐逍遥

酒酣浓香溢出多少风流

　　酒是中国文人津津乐道的事物，博大精深的酒文化一直令古今文人陶醉其中，不能自拔。陈年的佳酿不需要多饮，只要倒上一小杯，放到鼻下轻轻嗅一嗅，醉人的酒香就可以带人进入佳境。所谓"酒不醉人人自醉"就是这个道理。言归正传，中国的酒文化源远流长，中国古人赋予了它多重含义，酒可以表达"礼仪"的内涵，可以成为"爱情"的媒介，还可以充当"文化"的源泉。

　　古人借酒赋词，有黄庭坚留下的"流杯池"，人在其旁曲水流觞，饮酒作诗。多少锦绣诗词留于后世而感动后人，这其中又怎能用一个"醉"字表达呢？清代有人吟诗为酒："酒不醉人人自醉，花不迷人人自迷。"

　　中国的文学历程中，诗歌和美酒总是相伴而行，在古典的文辞中，人们通常可以提炼出酒和泪这两种令人心生惆怅而又激动的事物，而汉赋中这样的主题亦有很多。汉赋中有许多反映酒文化的内容，例如，王粲在《酒赋》说："暨我中叶，酒流犹多。群庶崇饮，日富月奢。"可见酒在汉朝的时候就已经深得人心。又如当年的卓文君随司马相如私奔他乡，因为盘缠不够而当垆卖酒，可见她对酒的钟情，在穷困之时，只做酒的买卖。还有曹操把酒临江，一腔愁绪无处宣泄，却能作出"何以解忧，唯有杜康"的诗句，可见酒在他心目中的地位之高。酒不仅能令这些文人恣意表达，还能够令胸中的忧愤喷发而出，抒发真性情，借酒性写诗作赋，最容易成就旷世名篇、千古绝唱。

扬雄是爱酒之人，同他一样的爱酒之人在汉朝还有许多，可以说汉代的酒风盛行正是汉赋中酒文化盛行的原因。酿酒的技术在汉代已然发展成熟，大家都对酒爱不释手，从汉高祖衣锦还乡时曾把酒而唱《大风歌》就可以看出，酒在汉代的风行程度。

对于许多汉朝文人来说，酒不仅是饮品，还是抒情感怀的媒介。扬雄的一首赋词，就将酒与时政相融合，起到了劝诫的作用。

子犹瓶矣。观瓶之居，居井之眉。处高临深，动常近危。酒醪不入口，臧水满怀。不得左右，牵于纆徽。一旦叀碍，为瓽所轠。身提黄泉，骨肉为泥。自用如此，不如鸱夷。

鸱夷滑稽，腹如大壶。尽日盛酒，人复借酤。常为国器，托于属车。出入两宫，经营公家。由是言之，酒何过乎？

——扬雄《酒箴》

扬雄借酒来劝导汉成帝，男子犹如盛水的容器，所停留的地方处于险境，却终日浑然不觉，自得其乐。水壶被绳索所缚，没有自由。井绳被井壁所挂住，碰撞打击，这里就是它的葬身之所。而盛酒的壶却是圆滑自如，被看成国宝，不论是皇帝出行，还是有权势的门庭，都对它爱护有加，但是和酒无关。扬雄以酒劝诫汉成帝不要亲近那些圆滑的小人而疏远了淡泊的贤人，借物言志，将酒融入了政治文化之中。

《汉书·食货志》中说："百礼之会，非酒不行。"可见酒在汉代是一度风靡而无法遏制的，这种风靡同样也在汉赋中得到了很好的体现。

虽然现在的汉赋大多遗失，但现存的残篇断句中涉及到酒的大概有近百余处，而且涉及的方面很广泛，不仅在饮酒方面，甚至在祭祀、礼仪等方面都有提到。邹阳在《酒赋》说："清者为酒，浊者为醴。清者圣明，浊者顽呆。"汉赋中有专门区分酒的品相的论述，可见汉朝人对酒的热爱。

东汉的张衡在《南都赋》中也提到过酒："若其厨膳……酒则九酝甘醴，十旬兼清。醪敷径寸，浮蚁若蓱。"这也是对酒的类别进行描述。在汉代，酒并不仅仅是一种饮品，还在各种礼仪，比如祭祀活动中，充当很重要的礼仪工具。从行酒的礼仪中可以区分尊卑贵贱、长幼等级等各种关系。

当日叔孙通为汉高祖制定礼仪，就对酒礼进行了严格的规定。史书上对此有专门的记载：

"汉王已并天下，诸侯共尊为皇帝于定陶，通就其仪号。高帝悉去秦仪法，为简易。群臣饮争功，醉或妄呼，拔剑击柱，上患之。通知上益厌之，说上曰：'夫儒者难与进取，可与守成。臣愿征鲁诸生，与臣弟子共起朝仪。'高帝曰：'得无难乎？'通曰：'五帝异乐，三王不同礼。礼者，因时世人情为之节文者也。故夏、殷、周礼所因损益可知者，谓不相复也。臣愿颇采古礼与秦仪杂就之。'

"汉七年,长乐宫成,诸侯群臣朝十月……至礼毕,尽伏,置法酒。诸侍坐殿上皆伏抑首,以尊卑次起上寿。觞九行,谒者言'罢酒'。御史执法举不如仪者辄引去。竟朝置酒,无敢喧哗失礼者。"由此可见酒的礼仪不一般,但是汉赋中对于酒的描写更多还是从饮酒的乐趣和感官的主观感受来写的,例如,扬雄在《太玄赋》中说:"茹芝英以御饿兮,饮玉醴以解渴。"与扬雄不同的是,张衡写酒,更多是从饮酒之后的快乐写起。

以速远朋,嘉宾是将。揖让而升,宴于兰堂。珍羞琅玕,充溢圆方。琢雕狎猎,金银琳琅。侍者盅媚,巾幜鲜明。被服杂错,履蹑华英。儇才齐敏,受爵传觞。献酬既交,率礼无违……客赋醉言归,主称露未晞。接欢宴于日夜,终恺乐之令仪。

——张衡《南都赋》节选

在张衡的这段描述中,更多的是讲对饮酒的一种享受,高朋满座,满桌佳肴,身着华丽服饰的侍从服侍着主客将美酒佳肴尽悉消受,觥筹交错间,不必讲仪态。从中看来酒不仅是饮品,更是一种让情感得到宣泄和表达的佳方,除了这些柔弱书生在借酒抒情之外,汉代的将士们也会以饮酒为乐。

割鲜野飨,犒勤赏功。五军六师,千列百重。酒车酌醲,方驾授饔。升觞举燧,既醮鸣钟。

——张衡《西京赋》节选

饮酒求仙乐逍遥

这是张衡在《西京赋》中所描写的将士在凯旋之后饮酒庆祝的场景。食用野味,犒赏将士,所有的军士聚集在一起把酒言欢,车载斗量的酒被喝掉,味道甘醇,十分痛快。

既然凡人都认为酒是可以表达内心情感的好东西,那么在汉代人的眼中,酒更可以用于祭祀祖先和天神,因为祖先的祭祀在汉代人的思想中占有很重要的地位。孔臧在他的作品《杨柳赋》中就提到过祭祀中酒的重要性。

合陈厥志,考以先王。赏恭罚慢,事有纪纲。洗觯酌樽,兕觥并扬。饮不至醉,乐不及荒。威仪抑抑,动合典章。退坐分别,其乐难忘。

——孔臧《杨柳赋》节选

在祭祀中,酒的角色已经不仅仅是饮品这么简单了。凡事都有纲常,不论是摆放酒盅还是清洗酒器,都要遵循一定的规则,配合着威仪的乐章,酒的饮用完全是一种身份的体现,诚如赋中所言:"退坐分别,其乐难忘。"

酒在祭祀场合中已被纳入到严格的规制中,而且对饮酒的量也有一个基本限定,便是"饮不至醉,乐不及荒"。枚乘在《七发》中写道:"列坐纵酒,荡乐娱心。景春佐酒,杜连理音。"傅毅在《舞赋》中说:"溢金罍而列玉觞。腾觚爵之斝酌兮,漫既醉其乐康。严颜和而怡怿兮,幽情形而外扬。"张衡在《东京赋》中说:"因休力以息勤,致欢忻于春酒……我有嘉宾,其乐愉愉。

声教布濩，盈溢天区。"

  汉武帝时，正是汉赋的兴盛期，这期间的赋作中，关于饮酒为欢的例子数不胜数，酒伴随着汉朝人从兴盛到衰败，虽然一个朝代已经不复存在了，但是酒依然醇香酣浓地流传了下来。

  一个朝代的风流，伴着洒香，默默地流淌在诗赋中，千年岁月后，唯有西风残照，汉家陵阙。

饮酒求仙乐逍遥

生年不满百，何不乐为先

公元189年，九岁的刘协在董卓的扶持下，成为东汉最后一个皇帝。小小年纪便成为九五之尊，这对许多人来说都是可遇而不可求的好事，得算风云际会，命途机遇上佳了，然而对于刘协来说，这却只是厄运的开始。

刘协出身悲惨，母亲在宫廷的角逐中不幸丧命，他被董太后亲自抚养，小小年纪便整日活在随时丧命的恐惧之中。童年的无常对刘协年幼的心灵是一个沉重的创伤，也助长了日后他软弱个性的形成。

之后的帝位之争，刘协在第一个回合就失败了，比他年长的刘辩登基称帝。然而命运并未放弃刘协，在董卓把持朝政之后，刘辩便迅速失去了支撑，因刘协为董太后所抚养，又聪明伶俐，深得董卓的喜爱，他便成了继刘辩之后的下一任汉帝，也就是汉朝的最后一个皇帝。然而刘协所得到的除了帝位之外，还有无休无止的流亡。

汉朝后期的糟糕统治令许多人都失去了生活的乐趣，他们被繁重的生活压力折磨得麻木不仁。几千年后的我们回望历史，可以清楚地看到，东汉末年的惨淡状况是多么令人绝望而生悲，起义反抗成了百姓唯一摆脱困苦的出路。面对一个全国都是千疮百孔的烂摊子，还不满十岁的刘协即便再聪明，也无法挽救。更何况他只不过是一个傀儡,在他幕后操控的董卓才是真正手握大权的人。董卓不是一个济世之才,他很快便被历史淘汰,幸运的是刘协没有与董卓一起被杀害。他是一个象征,谁拥有对他的操控权,谁就是这个乱世最为名正言顺的主人。

而曹操最终将刘协掌控,这一切的发生突然而毫无征兆,或许就算是有征兆,一个十岁的孩童又如何能分辨得清楚。整件事情就好像是走马灯似的令刘协眼花缭乱,他什么都做不了,只能静静地坐在皇位之上,看着人间风云变幻一幕一幕上演。作为演员,他戏份不多,却不可或缺;作为观众,他也无法置身事外。刘协的命运充满了变数,但又毫无变化。或许,这就是宿命最终的定义,人世无常,用在刘协的身上格外贴切。

《古诗十九首》中对于人世无常有过解释,一首诗歌曾对于这种乱世之中无可奈何的状况做过形象的描写。

生年不满百,常怀千岁忧。
昼短苦夜长,何不秉烛游!
为乐当及时,何能待来兹?
愚者爱惜费,但为后世嗤。
仙人王子乔,难可与等期。

——无名氏《生年不满百》

人生只有短短的数十载岁月而已,却常常怀着有千百年的忧愁无法消化,更无法释怀。及时行乐却又要抱怨白昼太短夜晚太长,那为何不执火烛夜晚游乐,既然韶光易逝太匆匆,那么行乐就更要及时了,毕竟时不我与、时不我待啊!

  这就好像是专门为刘协而作的诗一样,东汉末年的人们因为承受了太多的压力和重负,他们早已不知道今日事,明日果,与其担惊受怕地生活,不如今朝有酒今朝醉,来日方长再计划。虽然大家都已经在乱世之中捞了不少好处,但是这个王朝已经要随着最终的腐化而崩塌了,这样,再多的好处也于事无补,毕竟还是身家性命最为重要。在朝不保夕的年月里,如何保命成为人们每日最为担忧的事情,看着周围烽烟四起,说不准哪天战火就烧到了自己的家门口。一辈子活几十年都嫌短暂,而中间却还要为可能随时出现的生命危险担忧。

  在这样的环境下,不论是刘协还是百姓,其心境可想而知。刘协在历史上留下的笔墨不多,但不难想象一个皇帝当成这样,是何等郁闷,本来是天底下最有权威的人,却成为天底下最被人瞧不起的人,群雄逐鹿,人人都尊敬他,但没有人再敬畏他。因为在那个时代,权力和欲望才是控制整个世界的钥匙,而刘协,只能做那个时期的旁观者。

  随着年龄的增长和傀儡岁月的增多,刘协的内心一定是充满了无常的哀叹和无可奈何的悲伤。如果当日就被杀死,也不用来过今日毫无自由可言的生活了。命运虽然在某一刻垂青过他,但更多的时候还是无情地将他剥离在现实的舢板上,让他忍受权力的暴晒。作为一个孤儿,刘协有着孤儿普遍具有的特性:孤僻、顺从,这两点在刘协身上体现得十分明显。

驱车上东门,遥望郭北墓。白杨何萧萧,松柏夹广路。
下有陈死人,杳杳即长暮。潜寐黄泉下,千载永不寤。
浩浩阴阳移,年命如朝露。人生忽如寄,寿无金石固。
万岁更相迭,圣贤莫能度。服食求神仙,多为药所误。
不如饮美酒,被服纨与素。

——无名氏《驱车上东门行》

  洛阳东门之外是一片一片的墓地,看到那无尽的墓地,活着的人更加悲伤,人死之后就坠入无尽的黑暗之中,死亡之后的另一个世界谁也没有去过,然而每一个人都会去的。春夏秋冬,季节流转,这是无可避免的事情。生命的短促令人们感到恐慌,这个世界上只有神仙才能长生不老,但是为了成仙服用丹药,往往还没有得道,就已经被丹药毒死了。与其痛苦地执着,还不如喝酒纵欢,只消度过眼前的快活。

  这是东汉末年流传下来的一首古诗,出处和作者已经不可考。在南朝时,梁萧统太子将其选入《文选》之中,冠以以上名称,后人一直将这首诗歌列入杂诗系列。这首诗歌是描写当时东汉末年,一些生活宽裕却在政治上没有出路的知识分子抒发其颓废心情的作品。其实,也可以算得上是刘协的内心写照。这是对人生价值的探讨,最后得出的结论是人生苦短,不如行乐为先。古代文人生不逢时总喜欢用归隐来逃避现实,而生命的短暂却又让他们感到迷茫。屈原曾认为"乘骐骥以驰骋兮,来吾道夫先路",希望可以走在时代的前端,却换来了投河自尽的下场。崇高的理想需要用生命为代价去换取,这不得不让人心生胆怯。

饮酒求仙乐逍遥

刘协作为汉室最后的帝王,也无力改变自己的命运,只能一生在他人手中被把玩。这样不幸的人生令人世无常的观念深深地植入了刘协的血液之中,得过且过、及时行乐便成了这位帝王的人生导向,但即便这样,刘协最终也难得善终,令人惋惜。

想做英雄还是想做狗熊,有时候真的不是一己之力可为之的。不论是刘协还是当时沉浮在汉末的人们,他们就好像是一盆植物,被侍弄的人剪断根茎,摆弄成随便的模样,而土壤里深埋着的,才是他们无法被人看见的血泪辛酸。

人人都说人生在世,及时行乐,但是在无法掌握的命运面前,一切都是异想天开罢了。

未央往事

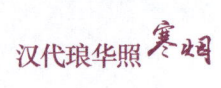

绝命词与大风歌

"秦失其鹿,天下共逐之,于是高材疾足者先得焉。"经过了秦之后的动荡岁月,多少诸侯豪杰雄起又败落,只剩下刘邦和项羽双雄逐鹿,共战天下。在一番叱咤风云的较量之后,刘邦击败西楚霸王项羽,夺得了天下,复秦故土,开创了一番新事业。这对刘邦来说是人生的重大飞跃,从一介布衣跃身为一国之君,任谁也是会骄傲自得一番的,所以刘邦在回故乡省亲时,乘着酒性,击筑唱了一首《大风歌》:

大风起兮云飞扬,威加海内兮归故乡。安得猛士兮守四方?

——刘邦《大风歌》

天下纷乱,群雄争霸,这看似是胜出的契机,乱世英雄的舞台,但对刘邦这个成功的人来说,反而有着一种不能言说的悲哀在其中。"大风起兮云飞扬",刘邦深深地明白自己是凭什么而胜出的,在那个天时地利人和的时局中,刘邦固然有自己的优势,但更多还是凭借时局所带给他的便利条件;而他的对手项羽,本应该是大家都看好的下一任封建统治者,结果却横尸乌江之旁。

在古人还没有完全搞清楚天地之间的奥秘时,他们自然将成

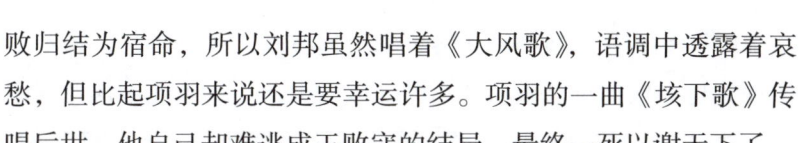

败归结为宿命,所以刘邦虽然唱着《大风歌》,语调中透露着哀愁,但比起项羽来说还是要幸运许多。项羽的一曲《垓下歌》传唱后世,他自己却难逃成王败寇的结局,最终一死以谢天下了。

力拔山兮气盖世,时不利兮骓不逝。骓不逝兮可奈何,虞兮虞兮奈若何!

——项羽《垓下歌》

这首《垓下歌》可以说是项羽的绝命词,在这首诗作中,既充满了项羽豪情天下的英雄气概,又充溢了他儿女情长的侠骨柔情。刘邦的围剿在项羽看来并没有什么大不了,从踏上这条道路开始,他应当就能意识到此行不是成功,便是成仁。

自古英雄气短,无非便是因为女人。项羽是霸王,却也为了虞姬辗转不得。更深夜长,在项羽与刘邦决战的前夜,楚歌声声刺耳,声音悠远而突兀,惊彻了虞姬,也成了项羽千秋霸业的梦魇。

自古红颜为君生,为君死。虞姬虽是女子,却也有男子的英雄气概,为了不妨碍项羽顺利突围,她选择了自刎以绝后路。她临死前为项羽留下了一首悲凉的诗歌:"汉兵已略地,四方楚歌声。大王意气尽,贱妾何聊生!"

虞姬是善良的,她知道项羽的担心,所以她要项羽毫无负担地前去作战。为了项羽,她在年华正好时做了了断,一缕香魂就此消殒。

虞姬本是为了项羽心无旁骛地突出重围，东山再起，却不料情深义重的项羽自刎于乌江河畔，以谢天下。对于他这样意气用事的做法，宋朝女词人李清照曾写下诗词哀悼："至今思项羽，不肯过江东。"

从这里，也可以看出项羽和刘邦之间的差别便在于一个是帝王之才，一个是英雄之料。关于这一点，易中天在他的著作中对于中国王朝的更替做出过这样的论断："我们总是习惯于把王朝的兴衰、事业的成败、历史的更替和事情的对错都归结为个人的原因，归结为某个领袖人物和主导人物个人品质的优劣好坏。与此同时，历史人物也都按照一种简单的善恶二元论而无一例外地脸谱化了，中国历史则变成了一个大戏台。但我们从来就不知道舞台上为什么会有那么多白脸和白鼻子，也不知道红脸和黑脸什么时候才能出现，因为我们不知道编剧和导演是谁。我们只能寄希望于运气和等待，却不肯承认每一次'善报'，往往也差不多意味着下一次'厄运'的来临。"

在易中天看来，项羽和刘邦之间的较量是一场贵族和流氓之间的对抗，流氓是不讲究游戏规则的，所以刘邦能出奇制胜，而英雄却仍守着英雄的原则，比如讲义气、重情义。虽然这是一个将领必须具备的，但也会是一个人走向覆灭的导火索。

项羽虽然身为没落的贵族，但与混混刘邦相比，他仍然比刘邦强大许多，但为何跑着跑着，便被刘邦赶超，并为此送掉了性命呢？这两个人按说应当是旗鼓相当的对手，用易中天的话来说，二人皆是少年时期不听话不守规矩的孩子，只是说起来，大概刘邦算是地痞流氓,而项羽是纨绔子弟罢了。

但也正是这点区别令这二人在之后的道路上有了越来越大的分歧,刘邦在他的《大风歌》中感叹道,"安得猛士兮守四方"。刘邦自己也清楚,他之所以能得天下,全是仰仗着这个乱世的好时机还有自己并不算太差的运气;而项羽比起刘邦来就少了这么一点谦虚和卑微,一直骄傲自满的项羽认为天下是他的囊中之物,他志在必得。所以,根本没把刘邦放在眼里的项羽,是不会看到日后的败局的。

但项羽所忽视掉的不仅仅是命运这么简单,在行军打仗期间,原本聚拢在他身边的一帮能人志士渐渐走的走、死的死,以至于到最后,项羽几乎是在孤军作战了。无法聚拢人心也是项羽失败的原因之一,而刘邦则深谙此道,他不但会拉拢能人为其效力,还会四处挖墙脚,很多怀才不遇的项羽部下到刘邦帐下后得到重用,为他们的旧主子项羽挖下了后来的墓坑。

关于楚汉之争的得失,自古以来就一直有人对此争论不休,众说纷纭,项羽和刘邦的拥护者都不在少数,其中范文澜先生就对此发表过意见:"推究刘邦和项羽胜利失败的原因,主要在于刘邦的拥护者是广大农民特别是旧秦国农民,项羽的拥护者只是些野心的领主残余分子,两个人所依靠的力量是如此的不同,所以得到的后果也自然是不会相同的。"

当然,这也算是其中的原因之一了,项羽失败了,并不是败在他个人身上,而是他不会运用智慧调动整个团队的力量;而作为政治舞台上最后的胜利者,作为大汉帝国的开国皇帝,刘邦显然在权力的掌控和运筹帷幄上要比项羽高出一筹，刘邦明白群众的力量是强大的。所以，虽然刘邦有时候无情无义，有时候卑鄙无耻，有时候更是不讲信誉，但关键时刻，刘邦懂得运用他手中的筹码为自己谋划，这也就是刘邦能在群雄竞逐的纷争中取得天下的原因。

项羽有着"匹夫之勇"和"妇人之仁"，该断不断，反受其乱，而刘邦则是"无毒不丈夫"，这两个人都可以称为英雄，也都可以算得上是人杰，只是项羽更适合成为一名猛将，而刘邦才有帝王之才。

其实想来，世间之事大抵也是如此，看似公平，却又不尽公平。如果刘邦能将项羽收为旗下，或许这两位英雄又将演绎出世间不同寻常的一幕大戏，但历史没有如果，在残酷的现实面前，项羽和刘邦只能在他们所赋的歌词声中，渐行渐远。

痞子气息也需一国礼仪

汉高祖刘邦大概算得上是古今中外的帝王天子中最为烦恼的一个了。

环境变了,秉性却是难易,刘邦在大殿之上,龙椅下面是那一帮当年出生入死追随他打下江山的兄弟,如今衣冠楚楚地站在前面对他行礼。这个场面应当是隆重而激奋人心的,然而汉史中记载,刘邦却是不甚满意。

原因则是跟随他打天下的大部分是武将,而武将对于礼仪自然是没有多少讲究的。所以,刘邦的殿堂之上,多数时候是吵吵嚷嚷,不讲规矩,甚至有些人会为了一些口角之争在上朝的时候动起手来,或者在上朝的时候喝得醉醺醺的,这些怎么能让一个皇帝接受?

虽然刘邦自己也没有读过多少书,本身是个粗人,但坐在龙椅上,他也想要有一个井然有序的朝纲。秦始皇统一中国、建立秦朝的时候,曾经建立起了一套宫廷规范制度,但刘邦早在推翻秦朝的时候就将其废除了。所以,面对一帮毫无规矩的武将,刘邦迫切地需要一个人来为他排忧解难。这个人就是叔孙通。

宰相萧何深知礼仪的重要性,所以他为刘邦推荐了叔孙通。叔孙通先后几次易主,在追随刘邦之前,还多次跟随其他人打天下,但最终因为才能得不到施展,辗转投到了刘邦的门下。叔孙通也是深思熟虑之后才决定跟随刘邦的，刘邦身上的痞子气息令书生气十足的叔孙通逐渐明白了这个世界需要什么样的主人。

虽然叔孙通眼光独到，但是痞子毕竟是痞子，一个世界的主宰者不但需要智慧的头脑，还需要一个可以镇得住的行头。刘邦穿上龙袍，他的身份便发生了彻底性的转变。

当初带领兄弟们打天下，他是大哥，大哥和兄弟之间不分彼此，喝酒闹事都是平常事。但而今大哥坐拥天下，成为帝王，一切就悄然发生了变化。刘邦不再是大哥，而是君王，兄弟不再是兄弟，而是臣子。

他们之间的关系已经发生了质的改变，这需要一个人提点。这个人就是叔孙通。之前的叔孙通毫无作为，只是刘邦身边一个小得不能再小的角色，因为有张良等人的光芒遮掩，他即便使出浑身解数，也无法引得刘邦的注意。但对礼仪的要求，使得这个儒家弟子从幕后走到了台前。

和当初在马背上过的日子相比，皇宫里的生活实在是太复杂、太繁华、太让人眼花缭乱，这些转变都使得那些从沙场上退下来的汉子一时之间无法适应。然而叔孙通有办法，他希望用儒家礼仪来规范皇家章法，提高皇家尊严，从而使得那些目无法纪的臣子们学会如何以礼行事。

中国自古以来就有"礼仪之邦"的美誉，但这礼仪并不是一蹴而就的，早在周公时期就有了"制礼作乐"的传统，但这种传统延续了几个朝代之后才日益规范完整，叔孙通在其中的努力不

未央往事

可磨灭。

叔孙通将礼仪制定好之后,刘邦却担心应付不来。毕竟自己是个粗人,万一礼仪太繁复,自己出错,岂不是要贻笑大方。

叔孙通告诉刘邦一切无须担心,他已经成竹在胸了。叔孙通将礼仪给刘邦演练了一遍,刘邦觉得还可以接受,于是叔孙通便去训练群臣,两个月之后,刘邦在朝堂之上获得了一种前所未有的满足,直到那一刻,他才觉得自己真正成为了帝王。

看着群臣排列成队,井然有序地上朝奏事,刘邦知道这才是他想要的效果,叔孙通借着孔子的名号为自己的仕途打开了一条金光大道。汉武帝时期董仲舒罢黜百家、独尊儒术,远没有叔孙通的礼仪之法那么深入人心。凡事礼为先。在讲究礼仪的中国古代,叔孙通可谓是功不可没,而之后的刘胜更是利用礼仪之法逃过一劫。

汉代对于礼仪的要求十分繁多,就连说话吃饭都有讲究。中山靖王刘胜是汉朝的王爷,喜好饮酒,爱好歌赋,但是却在封王的那一年遭逢了七国之乱,不幸被牵连其中,帝王最不喜欢别人觊觎他的权力,刘胜随时都可能丢掉性命,但他利用说话礼仪巧妙逃过一劫。

一次,汉武帝请客,刘胜忽然闻乐而泣,武帝奇怪地问他为何而哭,刘胜便发表了一番内心感言:

今臣心结日久,每闻幼眇之声,不知涕泣之横集也。夫众煦漂山,聚蚊成雷,朋党执虎,十夫桡椎。是以文王拘于牖里,孔子厄于陈、蔡。此乃烝庶之成风，增积之生害也。

——刘胜《闻乐对》节选

行走在刀尖上的刘胜开口便将自己放在一个很低的位置，令人对他的境遇心生怜悯。刘胜向武帝表达出自己终日惶恐的心情，无意蹚入浑水之中，但却始终无法置身事外，每天想到这个心结，看到幼小的儿子，便没来由地悲伤哭泣，七国的叛乱真的是害人不浅，自己已经为连累得心力交瘁了。当武帝为他的凄苦心境所感动的时候，刘胜便口风一转，开始为自己接下来的求情铺路。

臣身远与寡，莫为之先。众口铄金，积毁销骨，丛轻折轴，羽翻飞肉。纷惊逢罗，潸然出涕。臣闻白日晒光，幽隐皆照；明月曜夜，蚊蚋宵见。然云蒸列布，沓冥昼昏，尘埃布覆，昧不见泰山。何则？物有蔽之也。

——刘胜《闻乐对》节选

刘胜表明虽然自己远离是非，但是众口一词，足可以令他死上千万回，所以他面对这种无力扭转的局面，除了苍天可鉴之外，真的毫无其他办法澄清。

刘胜的一番说辞有理有据，占情占理，不但将自己的归隐之意说得入木三分，而且还将别人意欲对他加以陷害，说得惟妙惟肖。放之今日，刘胜定然是一个辞令出色的社交家。

刘胜的一番话令武帝打消了杀他的念头，叔孙通通过制定礼仪改变了朝纲混乱的局面，刘胜也利用礼仪逃过了生死一劫。

刘胜为自己求情时并没有直接跪求武帝，而是借机哭泣，引起武帝的同情，让他有足够的耐心听自己的解释，然后在文辞中将原因讲清楚，同时也将求情的话语顺带说出。刘胜对社交礼仪的运用游刃有余，为他自己争取了宝贵的生存机会。

刘胜之后被放回封地，安度余生，如果他没有得体的谈吐，只怕早已经身首异处了。有时候，命运给予你的，想躲也躲不开，但有时，一个拐弯之处，便又是一番天地。

汉赋里的金缕玉衣

逢年过节，家家都喜欢在家中悬挂中国结以示喜庆。一根红绳所结出的饰物竟然会成为表达吉祥如意的物件，却很少有人知道其源头在哪里。其实，中国古人以结来论事由来已久，早在上古时期，古人就有结绳记事的习惯，在文字还不发达的时候，古人为了记住某件重要而又不能忘记的事情，就会在那天的绳子上打一个结。

之后打结愈发兴盛起来，在唐宋的时候，更是将打结用在了生活的各处。唐朝的铜镜之后镶有口含绳结的飞鸟，寓意永结秦晋之好。其实，在汉朝，人们对于绳结也是情有独钟的。在汉代的服饰里，因为没有纽扣之类方便衣服穿着的东西，所以人们多以打结来固定衣物，不让其散开。而且汉代时，人们喜欢在腰间佩戴饰物，这饰物多靠打结系在腰带上，所以流传下来的汉代印章上面都带有印纽。

在安徽的怀宁县王家嘴一处汉代的遗址中，曾经出土一个铸造用的模型，做工考究，应该是富贵人家所用的铜镜模子，模子中有绳结印记，可以看出古人十分喜欢"结"的寓意，也许是代表了祥瑞美好，所以，不论何时何地都能将结的艺术融进生活之中。

古人崇尚土葬，他们讲究人死之后入土为安，这个理念至今还为人们所接受。汉朝时，入土的讲究是十分烦琐的。尤其是汉代的达官显贵们，对于身后事更是重视，不但墓穴豪华，而且陪葬丰富，就连身上的穿戴都十分精细。在汉代，讲究口含玉蝉再入棺，而玉蝉越名贵，则表示这个人的身份越显贵。

除去口含玉蝉之外，身穿金缕玉衣也能显示死者身份的尊贵。汉朝许多名门贵族、皇亲望族死后都会穿着金缕玉衣下葬，以显示身份。这一点在1968年，考古学家发现刘胜的墓穴时，就得到了证实。

据记载，当时考古队进入到墓穴之中，完全被震惊了。中山靖王刘胜的墓穴全长51.7米，而他妻子的墓穴全长为49.7米，两座墓穴结构基本相同，分为六大宫室，几乎是按照刘胜生前的宫殿还原的。

刘胜是汉景帝刘启的庶子，是刘备的第十三世先祖。他一生十分奢侈，经历过七国之乱，死里逃生的刘胜更是声色犬马，整日沉迷酒色之中，从不过问世事，刘胜死后的墓穴更是穷奢极侈，宛如一座宫殿。

作为殓服的金缕玉衣十分奢华，刘胜本人的金缕玉衣上面一共镶有将近3000片的玉石，而且用的金丝大概为1100克。他的妻子衣着虽然没有刘胜华丽，但也不逊色，两件金缕玉衣在当时引起了很大的轰动，而由此也可以看出，这位汉朝的先人所过的是怎样一种豪奢生活。

从墓穴中窥得的豪华生活一角，在刘胜所写的汉赋中也有缩影。这位王爷身处的汉武盛世，正是汉赋成就最高的时候，不过刘胜的经典之作，却是一篇短小的赋词。

汉代琅华照寒烟

色比金而有裕,质参玉而无分。裁为用器,曲直舒卷。修竹映池,高松植巚。制为乐器,婉转蟠纡。凤将九子,龙导五驹。制为屏风,郁第穹隆。制为杖几,极丽穷美。

——刘胜《文木赋》节选

这篇赋虽然不算太长,不比那些汉大赋的鸿篇巨制,但其中所用辞藻之华丽是丝毫不逊色的。而最为重要的是,在这篇赋词中,刘胜所描述的家具都很名贵,色泽比金子还要黄润,质地与玉石没有分别,这样的材质制造的器具,能屈能伸,雕刻松柏便显得苍劲挺拔,制造乐器则可令乐声婉转,上刻有凤生九子,龙导五驹。就连屏风、杖几这些普通饰物,亦穷奢华丽。这些生活细节融于刘胜的赋词中,使其流露出雍容华贵的气息。

而刘胜所映射在赋词中的富贵也很雅致,作为衣食无忧的王爷,刘胜也是"猗欤君子,其乐只且",享受富贵的同时,亦在享受文赋之美。

丽木离披,生彼高崖。拂天河而布叶,横日路而擢枝。幼雏羸𪁏,单雄寡雌。纷纭翔集,嘈嗷鸣啼。载重雪而梢劲风,将等岁于二仪。巧匠不识,王子见知。乃命斑尔,载斧伐斯。隐若天崩,豁如地裂。华叶分披,条枝摧折。既剥既刊,见其文章。

——刘胜《文木赋》节选

《文心雕龙·诠赋》说:"赋者,铺也;铺采摛文,体物写志

也。"刘胜则是这方面的代表,他侃侃而谈,徐徐道来,懂得铺陈,也不夸张,单是描绘就十分令人尽兴。汉赋注重对自然景观的描绘,刘胜的这篇赋可为代表。

开篇写物图貌,散乱的树木生在崖边,枝叶拂过银河,拦截在太阳落山的道路上,幼雏在枝叶的遮挡下啼叫,这些文木承载风雪多少日月,与天地同寿。其后接着叙事,虽然手巧的工匠不认识,但鲁恭王却认得,于是他命人用斧头砍伐,声响如天地裂开,枝条摧毁,剥开树皮,可以看到精美的纹路。蔚似雕画的叙述令后人在汉赋中体会到了难言的自然之美。

刘胜的《文木赋》中所谓"丽木离披"等,把自然生机的丰满和轻盈、充实和绮丽、萌动和生长,用简洁的文字描绘得十分活泼新鲜。

刘胜应该就是这个样子,在生存本能的指引之下,于世事之中寻找到一条缝隙,然后诡秘地逃出,将一切功利与激愤丢弃,只有自然的生活,才能令他活得更自然。

刘胜和他妻子的墓穴中出土了将近五千件文物,从铜器到金银珠宝,从丝织品到日用品,一应俱全,他们希望可以将今生的荣华带到下世,继续过富贵的生活。然而人死之后,浑然一片,谁又能知晓身后会发生何事。

帝王尚武亦享乐

汉朝初期,汉高祖刘邦开创了勤俭治国的大好局面。随后文景二帝登台亮相,将黄老无为之治贯彻到底的同时,依然没有忘记祖训,勤俭治国。

而到汉武帝时,故事却发生了翻天覆地的变化。如同戏台上的传统戏路一样,盛世而生的帝王,虽然雄才伟略,但却骄奢淫逸,对人间疾苦看不到眼里去。

因而,司马相如一纸劝诫,希望武帝回头是岸,看看苦海之中,多少人沉沦其中,不得安宁。

> 臣闻物有同类而殊能者,故力称乌获,捷言庆忌,勇期贲、育。臣之愚,窃以为人诚有之,兽亦宜然。今陛下好凌阻险,射猛兽,卒然遇轶材之兽,骇不存之地,犯属车之清尘,舆不及还辕,人不暇施巧,虽有乌获、逢蒙之伎,力不得用,枯木朽株尽为害矣。是胡越起于毂下,而羌夷接轸也,岂不殆哉!虽万全无患,然本非天子之所宜近也。

——司马相如《上书谏猎》节选

物有族类相同而能力不一样的,所以力气要称誉乌获,速度要数庆忌第一,勇敢要说到孟贲、夏育这些人。微臣实在是愚蠢，觉得人有这样的大力，那么动物也应该有。所以汉武帝要去狩猎，一定会有潜在的危险。汉武帝好羽猎，这是众所周知的，在"文景之治"积累下的巨大财富中成长起来的汉武帝丝毫体会不到他的先祖们创业的艰难辛苦。锦衣玉食的汉武帝虽然有着文治武功的雄心壮志，但同时又是一个耽于享乐的帝王。作为尚武的皇帝，打猎就成为他的心头之爱。

司马相如自然明白，于是便婉言相劝，先从汉武帝的人身安全入手，认为打猎虽好，却有着潜在的危机，汉武帝会有危险，一旦受伤，便是国之不幸。接着他好心劝慰，认为就算是扫清道路，驰骋前往，也会出现脱缰等种种状况，千万不要因为一时的乐趣，而形成终生的隐忧。

> 且夫清道而后行，中路而后驰，犹时有衔橛之变。而况涉乎蓬蒿，驰乎丘坟，前有利兽之乐，而内无存变之意，其为祸也亦不难矣。夫轻万乘之重不以为安，而乐出于万有一危之途以为娱，臣窃为陛下不取也。

——司马相如《上书谏猎》节选

最后，司马相如告诉汉武帝，聪明人应当未雨绸缪，今日的万贯家财或许会一朝散尽，只有长治久安，才是治国之本。

> 盖明者远见于未萌，而智者避危于未形，祸固多藏于隐微，而发于人之所忽者也。故鄙谚曰："家累千金，坐不垂堂。"此言虽小，可以喻大。臣愿陛下之留意幸察。

——司马相如《上书谏猎》节选

司马相如的这篇赋行文委婉，劝诫与奉承相得益彰，就连汉武帝当时看了也极为称赞。司马相如是好心希望汉武帝不再沉迷于这些游玩的好恶之上，然而汉武帝却只当是欣赏一篇美文，一笑了之。其实可以理解，生于盛世的汉武帝如何能理解民间众生的疾苦，在他的眼中，他所经营的大汉朝四海升平、其乐融融，毫无凶险可言。

所以，司马相如的劝诫没能起到作用，反倒是这篇汉赋，流传千古，成为辞藻华丽、想象丰富的汉大赋之中的典范之作。

其实，羽猎一直是汉赋中一个十分重要的题材，尤其是在西汉时期。汉武帝爱好羽猎，所以周围的文人、士人总是竭尽所能歌功颂德，对他的每一次羽猎活动进行记述，当然也不乏司马相如此类褒贬相结合的作品。汉武帝即位之初常带领一些随从和亲信微服出行，前往城外的山上狩猎，而他大多时候是夜半出行，黎明到达，途经之处，马匹常将百姓的田地践踏毁坏，对于农民来讲，没有什么比破坏他们的田地更为严重的事情了。于是，汉武帝决定建造一所自己的狩猎游园。

那些狩猎游园类似于今天的野生动物园，将一些山林土地圈起来，圈养上虎豹等动物，供汉武帝前去狩猎。这样既可以避免将百姓的农田弄坏，又可以让汉武帝玩得尽兴。大型的狩猎场就逐渐形成而衍生下来，除了这些狩猎游园之外，之后的西汉帝王还将这种羽猎活动定为每年定期举行的一种娱乐项目。

在班固的《西都赋》中，就有过这样的记载："尔乃盛娱游之壮观，奋大武乎上囿。因兹以威戎夸狄，耀威而讲事。"

天子们为了展示羽猎的壮观，更加尽兴地游玩，通常会在羽猎中，加入练兵和游行的因素，使得每一次的狩猎就犹如检阅一般壮观盛大。

为了更好地将天子的威严和神武体现出来，西汉帝王所选择的羽猎时间大多是深秋时分，临近初冬，肃杀的天气可以增加神武的气氛，使得羽猎更为庄重和肃穆，更好地体现皇家威严。挑选好天气还不够，场地也要事先进行一番周详的布置，在天子到来之前，当地的官员就要事先勘探好地形，划分出羽猎的具体区域，还要砍掉多余的枝叶和荆棘，以免天子受伤。深秋时节本是野兽们临近冬眠，慵懒不好动的时候，但为了让帝王可以尽兴，官员们发动附近的百姓将生禽猛兽驱逐起来，使得整个狩猎场所充满了野生的气息，然而皇帝尽兴之余，也要考虑到他的安全，所以狩猎场四周又布满了士兵，以防出现危险的状况。

这一切准备就绪之后，帝王的狩猎才算是正式开始了。一场狩猎用时不长，至多几个时辰。但是狩猎前后所耗费的人力和物力却是无法估计的。而帝王狩猎回去，还有文臣负责写下记录的词赋用以歌功颂德，通篇的辞藻越华丽越好，篇幅越宏大越妙，班固、司马相如、扬雄等当时的汉大赋名家都写过类似的词赋。虽然他们竭尽所能，对帝王的狩猎活动歌颂一番，但是大多数人心里还是觉得，这样劳民伤财的活动还是少举办为妙，司马相如的《上书谏猎》即是因此而生。

西汉年月虽然富足有余，但对未来的隐忧依然存在于当时的文人史家心中，以班固为代表。在当时许多描述羽猎的词赋中，班固的词赋叙述得最为准确而且简练传神，层次明晰，就好像是层层递进地论述一样,既写景写人,也论事论调,将汉朝天子羽猎的盛举描绘得气势恢宏,却也不失一个历史学家对这种行为的思索和严肃的探讨。在班固的文辞中,常有一些对天子羽猎途中的描述,所乘坐的辇车、所携带的随从、所佩带的工具等,一切在班固的叙述中看起来都是那么无懈可击,但是正是这完美令人们不由得思索,在这华丽的背后,又是怎样劳民伤财。

天子的威严建立在汉室的基础之上,而这基础却是底层那千千万万的民众所累积起来的。汉武帝的志向高远而深切,但只要他俯视一看,便能发现,在他华丽的羽猎之外,还有着蹒跚在农田之上的黎民百姓,还有着温饱线上的大汉子民。所以,有时候一个人的理想过于远大,便会让他眼前无物。汉武帝的好大喜功使得这些文人敢想不敢说,所以汉赋便成为记录天子羽猎的最好工具,也成为奉劝天子回头是岸的最好谏书。

司马相如作过一篇《上林赋》,对上林苑专门进行了歌颂,上林苑是汉武帝用来羽猎的场所,华丽程度无法言表。为了显示大汉的天威,汉武帝希望有人可以对此歌颂一番,而司马相如投其所好,一篇《上林赋》使得汉武帝龙颜大悦。然而司马相如依然是清醒的,他知道这种皇家的游戏代价太过高昂,只怕长久下去,会成为后世的隐患。但是在那皇权比天大的时代,这些臣子的肺腑之言却无法改变天子对羽猎的喜欢。

西汉和东汉的先后败亡,似乎印证了这些文人当初对羽猎的担忧不是空言,所以后世那些朝代的卫道者们纷纷提出勤俭治国的方针,觉得只有节约才能长久安邦。仿佛这样就可以不走历史的老路,但到底王朝的更替兴亡,无人可以逆转。

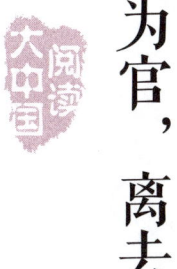

为官,离去

出名太早亦是负累

到长沙游玩的人，十有八九会到贾谊故居观瞻一番，吊唁一下这位才高八斗的大才子，看看他在被贬之后的寓所是何模样，想象一下这位才子在心生苦闷、心态彷徨的那段日子里，是作何感想的。

当日，诗圣杜甫经过此地时，也特意到贾谊故居一游，歔欷感慨了一番后，专门为此作了一首名为《清明》的诗，以吊唁贾谊。

其中有这样一句："不见定王城旧处，长怀贾傅井依然。"依照诗中所言，当日的贾谊故居中，有一口井。虽然今日这口井已经不复存在了，但史料上记载，这口井实为贾谊所修，在郦道元的《水经注》上还有过记载，称之为太傅井或者壶井。

只是年代久远，如今人们已经无法考证这口井的具体位置了，但是因为杜甫为这口井留下了诗句，所以太傅井又称长怀井。

虽然今人已经无法观赏到这口井的真面貌，但徜徉于太傅府，在那灰砖青瓦中流连漫步，我们依稀能从这些古旧的残垣中感受到昔日贾谊在井边孤单、绰约而又虚幻的身影。

贾谊被贬来长沙当太傅的时候仅仅二十三岁，正是年轻有为、意气风发的时候，仕途上的突然跌落不免让他心灰意冷，所

为官,离去

以他修井自怜,这也是可以理解的。

在民国时期有一个女子说过:"呵,出名要趁早呀!来得太晚的话,快乐也不那么痛快……个人即使等得及,时代是仓促的,已经在破坏中,还有更大的破坏要来。"这个才华横溢的女子便是张爱玲,她年纪轻轻就享誉上海滩,这话让她来说,的确够资格。

但是对贾谊来说,张爱玲的这一番论调无疑有着讽刺意味,因为贾谊正是因为出名太早,才遭受了悲剧命运;正因为贾谊的思想过于超前,所以,那个时代无法将他容下。

贾谊年纪轻轻便满腹文采,他从小就博览群书,览古阅今,少年时期跟随着荀子的徒弟学习百家之术,温读《春秋左氏传》,十八岁的时候就以出色的诗词歌赋才能崭露头角,而后被汉文帝赏识,进宫为博士,就此迈入了仕途。仅仅二十一岁的他,是当时所有的博士里最年轻的一个。

然而,出名得早并没有带给贾谊多少快乐,贾谊为人耿直,直言快语,他将自己的一腔抱负宣泄了出来。他或许是一个文采斐然的才子,却不能算是一个合格的官员,他在自认为得到了汉文帝的赏识可以大有作为的时候,却没有看到背后那一双双嫉妒或不满的眼睛。

汉文帝虽然爱贾谊的才华,但他无法与满朝的权贵相抗衡,所以,贾谊渐渐失去了最初的光环,他的仕途不再那么顺利了。然后,爬得越高,跌得越重,就在贾谊还没有完全顿悟为官之道的时候,汉文帝已经听信谗言,对他逐渐疏远。

贾谊的激情抱负忽然没有了施展的平台,长安,这样一个群星云集的大舞台,因为汉文帝的疏远,贾谊已经很久没有在上面崭露头角了,这个年轻气盛、张狂倜傥的年轻人有了一种从未有过的停滞状态。

贾谊是敏锐的,他可以看到当下人们未能触及的问题,他能看到未来需要解决的弊端,然而对于正直激昂的文人来说,仕途总是格外不好走。

汉朝是中国历史上一个大一统的封建中央集权统治下的盛世,在这个群星闪耀的舞台上,一切都散发出夺目耀眼的光辉,汉代的文化在这个时期得到了前所未有的发展,让后人仰视,但其实在汉朝初期,因为刚刚从烽火硝烟中走出来,存在诸多弊端和问题,这些问题需要解决,却无法像贾谊所想的那样,一下子消除。

贾谊希望大刀阔斧地将这些问题提早解决,却触碰了那些他不该触碰的人和事,所以,他必须走,离开这个权力和欲望集中的是非之地。贾谊应该是满腹委屈地离开的,不然他不会在途中写下如此悲愤的文字,以表现自己无奈而又无趣的人生现状。

恭承嘉惠兮,俟罪长沙。侧闻屈原兮,自沉汨罗。造托湘流兮,敬吊先生。遭世罔极兮,乃殒厥身。呜呼哀哉!逢时不祥。鸾凤伏窜兮,鸱枭翱翔。阘茸尊显兮,谗谀得志;贤圣逆曳兮,方正倒植。世谓随、夷为溷兮,谓跖、蹻为廉;莫邪为钝兮,铅刀为铦。吁嗟默默,生之无故兮;斡弃周鼎,宝康瓠兮。腾驾罢牛,骖蹇驴兮;骥垂两耳,服盐车兮。章甫荐履,渐不可久兮;嗟苦先生,独离此咎兮。

——贾谊《吊屈原赋》节选

为官,离去

贾谊只看到了生的苦,却没想过如何避免这种苦难。他奉旨来到长沙,在湘水边上,贾谊想起了溺水而亡的屈原,他因为生不逢时,所以悲壮落难,而屈原是高飞的鸿鹄,却被一群燕雀埋没其中,这就是时也、命也。屈原的悲剧竟在百年后的自己身上重演,贾谊的悲愤无以言表。

遭受了世上无穷无尽的谗言,最终结束生命的屈原可悲可叹。现在的时局是鸾凤蛰伏,怪鸟翱翔。小人得志,享受尊贵,圣人却遭受谗言,无法立足,坏人被认为廉洁,莫邪这样的宝剑反而被说成锈钝,抱负无法施展,犹如屈原所处的局面,如同抛弃宝鼎,却视瓦盆为宝物,将跛足的牛马当作骏马,反而让良驹拉车,帽子与鞋子颠倒了位置。哀叹屈原不幸的同时,贾谊也为自己哀叹,竟然遭遇了这样的不公正。

南北朝的文学理论家刘勰称贾谊的文章"理既切至,辞亦通畅,可谓识大体矣"。在这篇《吊屈原赋》中,贾谊将自己和屈原相比较,或许在他心里,自己有着和屈原一样高洁的情操,而命运偏偏对他们二人如此不公,屈原以死明志,但贾谊不太认可这种做法,"彼寻常之污渎兮,岂能容夫吞舟之巨鱼?横江湖之鳣鲸兮,固将制于蝼蚁"。

凤凰本应当是志存高远的神鸟,怎么能陷入泥潭无法自拔呢?远离浑浊的世界独自登高,老骥伏枥志在千里,怎么可以因一时的困难而放弃生命?只要坚持下去,那江湖中的鲸鱼,怎么会受制于蝼蚁鼠辈?这是贾谊真正的想法。

与其毫无意义地死去,喂了鱼虾,不如忍辱活着。贾谊对于未来虽然看不到希望，但他还是不愿放弃信念。有一个外国作家说过："人是为了反抗过去才成就未来的。"贾谊此刻就充满了这样的想法，他要将失去的都夺回来，所以他要卑微地活着，后来的事实也证明了贾谊的坚持。贾谊蛰伏三年之后，再次被调入长安，担任梁怀王太傅，但好景不长，梁怀王在一次骑马中不慎坠马身亡，这再次给了贾谊沉重的打击，他深深自责，一年之后也泪尽而亡，年仅三十三岁。

这位才华横溢的才子一生有三分之一的时间在官场周旋，历经宠辱，在逆境中默默坚持，做着无奈的抗争，他自认为心如明镜台，但其实那风云变幻的名利场中，几分真，几分假，他并没有看透，抑或是他不愿看透，宁愿相信"问渠哪得清如许，为有源头活水来"。

贾谊始终是悲情多于才情的，他的不谙世事就好像是童话里的月光，温柔地照亮了那清泉底下温柔浮动的水藻。

为官，离去

看破红尘，归隐山林

东汉建初三年（公元78年），张衡出生。在历史的笔端下，这个男婴的降生并没有特殊的寓意，但是他之后的科技成就，让人们记住了他。然而，张衡的辞赋之妙，却鲜有人提及，不知道是不是因为一个人的才华不可过多，否则总有一样会遮住另一样，使其光芒不得全然绽放。

张衡年幼时，家境虽然贫寒，却始终没有放弃学业。古人所讲的寒窗苦读，大抵便是张衡的经历。

张衡所走的正是中国知识分子所追求的人生道路。他对知识的渴望和累积令他一直出类拔萃，在年龄稍长之后，他便投靠名师学习知识。张衡的前半生可以看作是为知识而奋斗的历程，无论是在书本上还是在实践上，他都付出了很大的努力，所以，张衡日后的成功，并非出于偶然的运气。

天性严谨的张衡将他在科学上的精神贯穿在了文学创作之中，他在公元97年开始写作《二京赋》，一直到了公元107年才完成。中间历经了十年光阴的打磨，可谓是十年磨一剑，煞费苦心。

西京的繁荣让他真心地赞叹这个他生活其中的大汉朝。洋洋洒洒数千言全是溢美之词，谁又能看到这华美背后几欲凋零的景象。张衡文理兼备，却未必适合政坛，在西京的繁华中，他的辞赋之后隐藏着冷寂。

汉代琅华照寒烟

张衡十六岁的时候就离开家乡四处游学,学到了许多知识。和帝永元十二年,也就是公元 100 年的时候,张衡被南阳太守鲍德邀请,担任他府上的主簿,相当于文书的工作,一干就是八年。后来,张衡因为出众的历算学问,被汉安帝知晓留意并招入宫中,拜为郎中。他担任郎中后,依然致力于学问的探究。

虽然张衡淡泊名利,但他并不是一介儒生,而是有着崇高的政治理想。在为官历程中,他总是坚持自己的立场,不畏强权。作为一个郎中,他始终站在国家和人民的立场上,希望当朝的统治者可以勤政爱民,使得大汉朝恢复汉武时期的辉煌。

但可惜,张衡所处时代的政治已经日益腐败,宦官营私,官员之间争权夺利,民间百姓痛苦不堪,张衡将这些尽收眼底,他向皇帝乞求依法治国,但可惜人微言轻,而且那个混乱的局势已经根本无法控制,他彻底陷入了孤立之中。

我所思兮在太山,欲往从之梁父艰。侧身东望涕沾翰。美人赠我金错刀,何以报之英琼瑶。路远莫致倚逍遥,何为怀忧心烦劳。

我所思兮在桂林,欲往从之湘水深。侧身南望涕沾襟。美人赠我金琅玕,何以报之双玉盘。路远莫致倚惆怅,何为怀忧心烦伤。

我所思兮在汉阳,欲往从之陇阪长。侧身西望涕沾裳。美人赠我貂襜褕,何以报之明月珠。路远莫致倚踟蹰,何为怀忧心烦纡。

我所思兮在雁门,欲往从之雪纷纷。侧身北望涕沾巾。美人赠我锦绣段,何以报之青玉案。路远莫致倚增叹,何为怀忧心烦惋。

——张衡《四愁诗》

为官,离去

这是张衡的诗作,也是张衡的思索。从这首诗歌中可以看到张衡内心的犹豫和挣扎,他思念的人远在泰山,想要去寻找,却因为道路的险阻而泪眼蒙眬。他想要送给美人美玉,却因为道路太远,只能独自徘徊,为此烦忧。他思念的人远在桂林,虽然想去追随,但湘水深沉,不得过去,只能侧目相望。他想赠送美人双玉盘,但同样有心无力,继续烦忧。面对无法跨越的路程和层层阻隔的思念,他只能心生烦忧,无能为力地哀叹,所以,《四愁诗》的主旨便是一个"愁"字。

"美人赠我锦绣段,何以报之青玉案。路远莫致倚增叹,何为怀忧心烦惋",这最后一句还在为自己的无能为力而忧伤,其实更多的是感慨生不逢时,无法施展自己的才华,为社稷所用,所以心生忧郁,不知道报国之路在何方。张衡不是一个高明的演员,在政治舞台上,他无法做到像其他官员那样人前一套,背后一套,他有自己的为人准则,那便是诚信。但可惜,张衡所信奉的原则只能被他一个人认可而已。

很明显,这个官僚体系已经不再适合他了,张衡感到忧愤,这比他当初面对的科技难题还要难以攻克,因为这些人为造成的困扰根本无法用常理去解决,他陷入了失语之中。在朝为官,张衡走到了路的尽头,但对百姓,他是关怀备至的。张衡发现,一个帝国的统治者只有与百姓同心同德,才能令这个国家长治久安,他清楚地看到,实现国家的富有,就是要实现百姓的利益。张衡做了最后的抗争,然而宦官的力量实在过于强大,他再次落败。当汉顺帝问张衡如今天下百姓最憎恶何人时,在宦官的包围中,他竟然没有勇气说出真相。

张衡彻底明白了，这是一个他无法抗衡的团体，所以他充满了痛苦和矛盾，并退出了这个他曾为之奋斗的舞台。张衡晚年消极避世，归隐之后，他写作辞赋以表达内心的凄凉和不满，其中一首《归田赋》是他的代表之作。

仰飞纤缴，俯钓长流。触矢而毙，贪饵吞钩。落云间之逸禽，悬渊沈之鲅鳢。于时曜灵俄景，系以望舒。极般游之至乐，虽日夕而忘劬。感老氏之遗诫，将回驾乎蓬庐。弹五弦之妙指，咏周孔之图书。挥翰墨以奋藻，陈三皇之轨模。苟纵心于物外，安知荣辱之所如？

——张衡《归田赋》节选

在湖边歌唱，在山丘吟诗，向云间射箭，去河边垂钓，这便是张衡赋闲后的生活，字里行间全是悠闲，就算夕阳下山，皓月升起，游戏的劲头也丝毫不减。只是想起圣贤的告诫，便回到草庐，弹奏琴弦，品读诗书，提笔写下这一日的欢娱。在这里，将一切置身事外，人间的烦忧与荣辱，已经完全与自己不相干了。张衡虽能不断为东汉时期的科学进步作出贡献，但他始终无法改变当时残破的局面，就好像迟暮的美人一样，被郭沫若评价为"如此全面发展之人物，在世界史中亦所罕见，万祀千龄，令人景仰"的张衡也无法逃避世事的苍凉。

人事如斯，上苍的评判标准并不是永远公允。这个世界每天都有悲剧在上演，张衡及时抽身出红尘凡事，归隐于山林之中，虽然心事黯淡，寂寞如斯，但是挣脱了樊笼，有了新鲜的自由空气可供他呼吸，也不失为一种通透。

为官，离去

命运之一种

东方朔是山东人，至今在他的老家山东德州还有着和他相关的遗迹，其中东方朔的墓碑上面还有后人颜真卿的亲笔题词，笔法流畅，笔力刚劲。

在汉武帝时期，东方朔的主要职能，便是陪伴在他身边为其调笑所用，充当着小丑的角色，他空有一腔抱负却没有施展的平台。

《汉书》中写道："然时观察颜色，直言切谏。"东方朔试图通过一条讨巧的路来快速接近这个帝国的权力中心，但他没有想到聪明反被聪明误，以讨巧的角色进来的他，终生只能讨巧，不能转换角色了。这是东方朔的悲哀，所以他写下了《答客难》这篇文章，希望通过文字来表达内心无可奈何的悲怆。

今世之处士，魁然无徒，廓然独居，上观许由，下察接舆，计同范蠡，忠合子胥，天下和平，与义相扶，寡偶少徒，固其宜也。子何疑于我哉？若夫燕之用乐毅，秦之任李斯，郦食其之下齐，说行如流，曲从如环，所欲必得，功若丘山，海内定，国家安，是遇其时也，子又何怪之邪？语曰："以管窥天，以蠡测海，以莛撞钟。"岂能通其条贯，考其文理，发其音声哉？由是观之，譬犹鼱鼩之袭狗，孤豚之咋虎，至则靡耳，何功之有？今以下愚而非处士，虽欲勿困，固不得已，此适足以明其不知权变而终惑于大道也。

——东方朔《答客难》节选

从古至今，多少贤人受到礼遇，上观许由，下视接舆，有像范蠡这样足智多谋的人，还有类似于子胥这样忠诚的臣子。天下太平的时候，与道义相符合是理所应当的事情，你为什么对我还有怀疑呢？至于燕国起用乐毅为将，嬴政任用李斯为丞相，郦食其说降齐王，他们这些犹如流水的劝说，都是因为需求才会有所得的。建功立业，四海升平，这是他们所遇到的好形势。你为何要感到奇怪呢？俗话说，如果以管窥天，以瓢量海，以草撞钟，又怎么能看清天上群星的全貌，测量出海水的深浅，激发出宏大的声音呢？就好像是老鼠袭击狗，猪咬老虎一般，是注定会失败的。现在因为我认为你说得不对，你即使不想理屈词穷，也没有办法反驳，这足以说明不知道变通的人是没办法知道真理的。

在《答客难》的这段文学中，东方朔将内心苦闷一尽抒发，酣畅淋漓。他认为自己是个人才，却得不到认可，长期的压抑令他郁郁寡欢。他渴望有朝一日能遇到明君，看到他身上治理国家的长处，而不仅仅是把他当作一个逗笑的小丑。官场是中国文人表现才智的最佳舞台，但可惜东方朔虽然挨到了这个舞台的边缘，却始终无法登台表演。相比起来，另一位辞赋家比他幸运多了，他就是扬雄。

扬雄比之东方朔来说要幸运得多，在《汉书》中，有关扬雄的记载如下："其意欲求文章成名于后世，以为经莫大于《易》，故作《太玄》；传莫大于《论语》，作《法言》；史篇莫善于《仓颉》，作《训纂》；箴莫善于《虞箴》，作《州箴》；赋莫深于《离骚》，反而广之；辞莫丽于相如，作四赋。皆斟酌其本，相与放

为官，离去

依而驰骋。"

可见扬雄一开始上场就比东方朔有分量得多，所以在东方朔感慨人世不公的时候，扬雄则意气风发，在政治舞台上尽情释放光彩，但在这看似辉煌的表面之下，也有着文人厌世和诌媚的因素。从扬雄的《反离骚》这篇赋作中，就可以看出这位大文豪虽然有高贵的秉性，但他也有着犬儒明哲保身，事不关己、高高挂起的心理态度。

> 又怪屈原文过相如，至不容，作《离骚》，自投江而死。悲其文，读之未尝不流涕也。以为君子得时则大行，不得时则龙蛇，遇不遇命也，何必湛身哉！

——班固《汉书·扬雄列传》节选

可以看出，扬雄对于屈原跳江的行为是很不赞同的，甚至有些鄙夷，虽然他也会为屈原流泪，但他更觉得君子应当识得大体，而不是动辄拿性命相要挟，这样做又有什么必要呢？

扬雄的一些认知方式和思维模式与当时的官场气氛十分接近，中国文人自古就不喜欢坦诚相待，所以看到屈原的忠肝义胆，扬雄酸溜溜地评论一番在所难免。作为一代儒士，却有这样的胸襟的确不能不让人汗颜，而作为宠臣的东方朔忧国忧民，在他的内心深处始终牵挂着大汉朝的文治武功。

东方朔为官期间，正值汉武帝尚武风气最浓之时，面对边陲的匈奴，汉武帝多次发兵制服。长年的战争使得汉朝的百姓苦不堪言，对此，东方朔是看在眼里的，但是，他的多次隐晦劝诫犹如石沉大海得不到重视，或许就是碍于宠臣的身份；而得到了重视的扬雄又从不会作此考虑。历史有时候就是这么可笑，想上的人上不去，想下的人下不来。

如果要对历史人物下一定的评论，那么，任何单一的形容词都是肤浅的，因为人的多元化性格决定了英雄并不一定就侠肝义胆，正义者也许有着私心，而看似胆小如鼠的人也许有着一颗忠肝义胆，这一切都是因为历史是一个多元化的体系，而历史中的人自然也会有着相对复杂的性格。

后人不能因为东方朔是汉武帝的宠臣就忽视了他的报国之心，也不能因为扬雄的地位崇高，就看不到他身上的缺点。他们同样是身处朝纲之中，同样是宫廷的臣子，同样是才高八斗，同样是文思泉涌，不同的只是在当时的统治者眼中，东方朔是个宠臣，是个哗众取宠的丑角，而扬雄是个文臣，是个能成大事的人才。

这一点不同决定了这两人不同的命运，在那个天下一统的封建时代，文人为官之后的遇与不遇都不是自己能够决定的。江山社稷，百姓苍生都是天子握在手中的筹码，更何况他们小小的臣子，在这样的环境中，皇帝的好恶可以决定一切，而正是汉武帝的喜好令东方朔一生不得志，郁郁而终，令扬雄名扬后世。

东方朔哗众取宠，扬雄唯唯诺诺，他们如此作为，只因他们是那个时代下帝王手中的棋子，稍有不慎不但会前途不保，还有可能会丧命。所以，对于他们不尽良好的表现，我们似乎又应给予一些体谅。

为官，离去

身为重臣的扬雄自然肩负起了为汉武帝歌功颂德的重任，于是在扬雄的一生中，赋自然是不可少的，但他的赋大多没有实际意义，只不过是铺陈开来，描写一些华而不实的景物，讨得汉武帝欢心罢了。相比之下，真正的宠臣东方朔的气节可真是要比扬雄更高但东方朔当初为了引起汉武帝的注意，牺牲形象成了弄臣，而今想要翻身太困难了，所以他写的赋总是充满了悲怆和不满。

扬雄和东方朔，二人的文采不相上下，或者可以说东方朔更胜一筹，但是他们的人生在定位的那一刻便已经不可更改了。所以，在政治的舞台上，他们是天生的演员，演绎了自己角色的人情练达，世事洞明，步步高明地走向他们想去的地点，虽然过程或者结果不尽如人意，但是世事漫随流水，又岂能皆如人愿呢？

汉代琅华照寒烟

立世为人之难

天汉二年（公元前99年），司马迁四十六岁，这是男人一生中开始呈现饱满色泽的年华，但就在这一年，司马迁第一次面对了他从未经历过的沉重打击，不仅是精神上的，还有肉体上的。

这一年，大汉和匈奴进行了一次惨绝人寰的战役，李广利带兵三万，却劳而无功，几乎全军覆灭。李广利仓皇逃回，却将李广的孙子李陵留在了前线孤军作战，李陵寡不敌众，被匈奴大军生擒后投降，大汉朝的这次围剿土崩瓦解，汉武帝苦心组织的一场灭匈奴大戏没能如他所愿地落下帷幕，反而被无情地撕破。这对汉武帝来说是一个奇耻大辱，于是，李陵的投降，成了他发泄愤怒的借口。

作为当时的史官，司马迁首当其冲成为第一个聚焦点。刘彻就李陵投降的事情征询司马迁的意见。虽然司马迁与李陵私交甚好，但作为一个史官，司马迁还是要有他应有的公道与判断，他告诉刘彻李陵没有错，错的只是这一场准备不足的战役。司马迁的坦白直言，令刘彻彻底无地自容，失败的愤怒令他将司马迁看作如同罪魁祸首般的罪人，司马迁被投入了监牢。一个史官仗义执言，却换来了成为阶下囚的下场。墙倒众人推，一时之间，司马迁这个默默无闻的小史官聚焦了众人的口舌，在力求自保的同时，大家都希望能寻求一个替罪羊。于是来自各级官员的压力无

为官,离去

情地蹂躏着他,司马迁一夜之间前途尽毁,仕途黯淡,那些不利的声音就像潮水一般向他奔涌而去,将他淹没在水底,令他越来越感到窒息。

不过是说了一句实话,便要落得如此下场,司马迁在狱中一定是愤愤不平的,按说汉武帝时期的大汉王朝时局安稳,正是需要用人之际,可司马迁始终得不到汉武帝的青睐,究其原因,繁复难述,但是总结起来,只怕是司马迁口舌太硬,无法博得帝王心仪吧。于是他写道:"悲夫!士生之不辰,愧顾影而独存。"这是一个男人对一个时代的不满,应该算得上是英雄无用武之地、生不逢时、顾影自怜的哀叹!不过按照国学大师王国维的说法,司马迁这一生是和汉武帝相伴始末的。虽然李陵的投降令司马迁暂时离开了刘彻的视野,而之后一次谗言的进献,令刘彻对李陵彻底失望,进而大开杀戒,司马迁还是没能逃过劫难。

司马迁虽然活了下来,但比死还要难堪,在酷吏的折磨下,司马迁被施了宫刑,这是古代男子最为耻辱的刑罚,比死还要痛苦成百上千倍,这本是要处罚那些罪大恶极之人的,但司马迁因为一句大实话,遭受了这样的劫难。想来司马迁这样的人一定是想到过死的,但是他在父亲的床前发过誓言,要将《史记》完成,想到自己搜集了那么多年的历史资料,想到父亲期盼的眼神,他怎么能够去死,有时候艰难地活着比死更需要勇气,而司马迁选择了前者。

在几年后的一次大赦中,司马迁被无罪释放,重新进入宫廷之中担任官职。可是,官职再高,毕竟经受了那么大的创伤,宫刑这个词，即使是在司马迁的脑海中转一下子，也足以让他痛不欲生，他怎么能和这样一个词联系在一起呢？自视甚高的司马迁一直无法接纳这样耻辱的字眼，朝廷和宫刑，还有他自己，这看起来似乎无法联系在一起的事物竟然就这样奇迹般地发生了关联。看着这个无法理解的世界，司马迁所能做的只是埋头于他的《史记》，只有那里，才是属于他的天地，不用担心外人异样的眼光，也不用去想屈辱的往事，在司马迁人生最后的那段时间里，他只为《史记》而活。试想一下，如果没有这本书的力量支撑，只怕他早已倒下。这样一个耿直的男人，也只有理想的力量才能让他走到生命的最后。

世间总有这样一些人，众人皆醉他独醒，在万籁俱寂的夜空下，他独自品尝着寂寞。从洪荒之年到汉武时代，人类在漫长的历史中经历了太多的曲折离奇，司马迁就算得上是其中一段传奇，随着《史记》的不断修订完成，他得到的也越来越多，有可能是名垂青史，也有可能是千古扬名。世界是公平的，得到与付出成正比，但得到的再多也无法弥补宫刑对司马迁造成的人格侮辱和名誉损害。司马迁的《史记》中所呈现出来的世界与现实世界不同，或许是因为受过莫大的伤害，所以《史记》中的人物和事件总是出奇地公正，在其中，司马迁尽力营造出了一个清晰坚固、完整无缺的世界。结构严谨，雄伟壮观，那是一处绝好的精神家园。司马迁以自己的残缺之身为后人谱写了这个灵魂之所。

征和二年（公元前 91 年），《史记》完成了，司马迁穷其一生的心血就此诞生，但想来他并不高兴，因为他为此付出了太

为官,离去

多,已经不能用任何事物和金钱来衡量了。所以司马迁并没有因为书稿的完成而欣喜,他陷入了一种更大的悲伤之中。

悲夫!士生之不辰,愧顾影而独存。恒克己而复礼,惧志行之无闻。谅才韪而世戾,将逮死而长勤。虽有行而不彰,徒有能而不陈。何穷达之易惑,信美恶之难分。时悠悠而荡荡,将逐屈而不伸。使公于公者,彼我同矣;私于私者,自相悲兮。天道微哉,吁嗟阔兮;人理显然,相倾夺兮。好生恶死,才之鄙也;好贵夷贱,哲之乱也。

——司马迁《悲士不遇赋》节选

司马迁写下了《悲士不遇赋》,这是他的牢骚,也是他的发泄,他悲叹自己生于一个无法给予自己机会的时代,他顾影自怜的同时,也在时刻约束自己,生怕有违背礼节的地方令人厌烦。这样的情怀至死都不会放松,这样的世情却只能为他一人所有,时光悠长而无尽,司马迁却无法得到救赎。如赋中所说,他的心意无人能懂,也无人可以诉说,人世间的事情就这样显而易见,互相倾轧,贪生怕死是道德的堕落,嫌贫爱富是智慧的降低。所以,他只能默默生存,自生自灭。

司马迁在这样一种残酷的生存状态下依然活着,他只有将精神状态调整好,才不至于丧失生命的希望。生命是先祖的恩赐,是父母的创造,一个人的生存不仅仅属于他个人,也属于整个家族乃至先祖,司马迁知道这个道理,所以他耻辱地活着,他知道自己肩负着怎样的责任，他要完成这个使命，他热爱生命，热爱大汉朝，热爱那个高高在上的大汉天子，但是，因为一次小小的误会，这种热爱戛然而止了，碎裂得无处收拾。

皇帝还是那个皇帝，大汉还是那个大汉，但这一切都已经发生了本质的改变，司马迁从牢狱中出来的时候整个人生就已经改变了，他失去了一个男人的立世之根本，虽然还能感受皇恩浩荡，但已经无法立世为人了。

从某种意义上说，"忠"和"孝"已经从他心中剥离，而当《史记》完成的时候，就应该算是司马迁精神上获得极大满足感的时候了，后人对这本书评价甚高，鲁迅认为这是"无韵之《离骚》"，但只怕只有司马迁本人才体会得到，这只是他活下去的唯一希望。

对于人世间的道理，司马迁洞若观火，只是真理却不能被释放出来，因为无人能懂，所以他选择在世间沉沦，只为了有朝一日可以在临死之前对自己说：虽孑然一身，却无愧于心。所以，官场出身的司马迁，委身于自然，最终还是与之归为一体。

司马迁是应该悲哀的，但他最终却放弃悲伤，回归一统，或许就如司马迁自己所说的一样："委之自然，终归一矣！"将司马迁从《史记》繁厚的字体背后发掘出来，并不是愉悦的事情，当他的灵魂逐渐清晰可见的时候，那曲曲折折释放出来的痛苦将会在巨大的张力下将黑暗揉碎，那早已干枯的泪水将会随着史书的一页页翻过，泅出来，被后人汲取。体味之后，全是苦涩。

为官，离去

明哲保身，班固的处世哲学

同为写史之人，司马迁和班固难免会被后人拿来比较。司马迁作为中国文史界的泰斗，忍辱负重编写《史记》，地位不可撼动，但其实班固也不逊色，虽然他们的时代、背景相似，但有一点他们是很不同的。

司马迁为人耿直，有什么说什么，宁为玉碎，不为瓦全，以柔弱文人之肩挑起了汉朝沉沉的负重，但班固却更多地秉承了那个封建时代文人士大夫的压抑性格，保全自己才是其首要考虑的事情。

二人同为才子，编著史家书籍，出身文人世家，教育良好，但是因为时代的差异，令这二人在心性上有着很大的不同。司马迁生于汉武雄风时代，外儒内法，而班固晚司马迁将近两百年，那时的汉朝世风日下，迷信盛行，已经是东汉末年最为荒诞不经的时代了。

在那荒诞的年月里，班固与司马迁的人生哲学可谓是大相径庭，但这也是因为班固所处的境遇造成的。

班固的七世祖因为秦末躲避战乱，所以迁到山西境内，后来世代在这里繁衍生息。班家人才辈出，是书香门第，所以，班固自小也受到了此番熏陶，行文遣词的造诣高人一筹。

班固年纪轻轻就和司马相如、张衡、扬雄这三个词赋大人物被人合称为"汉赋四大家"。东汉初年的文化风向标还是向西汉看齐的,赋体依然磅礴大气、润色鸿业,所以班固也未能免俗,他那个时候创作的《两都赋》极尽铺张华丽之能事,运用了大量的排比和俳句,气势恢宏。

可见班固为人是能适应时代的发展的,他明白这个时代需要他成为一个什么样的人。天下道义的力量都建立在利益的基础之上,如果没有利益来做后盾,那么任何的道德规矩都是一纸空文。班固明白这个道理,所以他虽然读着孔夫子的仁义道德之书,但内心也为自己建立起了一套处事标准。这就好像他的赋一样,华丽至美,但又有自己的思想蕴涵其中。

乱曰:天造草昧,立性命兮。复心弘道,惟圣贤兮。浑元运物,流不处兮。保身遗名,民之表兮。舍生取谊,亦道用兮。忧伤天物,悉莫痛兮。皓尔太素,曷渝色兮。尚越其几,沦神域兮。

——班固《幽通赋》节选

这是《幽通赋》的最后一段,从中可以看出班固的文史功底深厚。天地之始,万物草创于混沌蒙昧之中,皆立其性命。返归天地本心,唯有圣贤通晓,天地之元气保存身躯,能在死后留下好名声,舍生取义便是此道。为世间忧伤,平添痛苦,保持质朴的心性,不被污浊。如果人能预料到今后的二三事,只怕也就离神明不远了。

为官，离去

在这一段中，班固自诩看透世事，而他本人却没能像文中那样洁身自好。

班固的从政功力深厚，他因为文采好为汉明帝所赏识，一跃成为兰台令史。耗时大概二十多年，班固在汉章帝中期的时候完成了《汉书》的主要创作内容，可以说，班固这个官当得是顺风顺水，基本没有遭受什么挫折和打击，这除了和他的才能挂钩之外，也不得不说是班固为人有道。在那个时候，皇帝总是会就一些历史或者时事来征求史官的意见。而班固总是明白何话该讲，何话不该讲，他能把握住和汉章帝交流的度。所以，班固纵使有着和汉章帝不同的意见，他也不会贸然地提出。司马迁的前车之鉴并不是白白付出的。

简而言之，班固为人世故圆滑，却也不是什么大奸大恶之人。所以，班固一生小心翼翼，倒也没有什么大风大浪。他曾在《离骚序》中对屈原投江提出过异议，在班固看来，屈原虽然高尚，但屈原自身也是他结局悲惨的主要原因之一。由此可见，班固在君子的道德和封建专制的平台上巧妙地找到了一个立足点，他能进能退，能攻能守，明哲保身就是班固的人生哲学，他可以在任何时机找到一个契合点，让自己全身而退。

明哲保身的班固不但是个汉赋家，更是一个诗人，他一生写了很多诗歌，大多为歌颂汉室皇家功德的内容："因露寝兮产灵芝。象三德兮瑞应图。延寿命兮光此都。配上帝兮象太微。参日月兮扬光辉。"虽然班固为官并不激进，但在一定程度上是非观念还是有的，他在自己编著的《汉书》中写过一首《咏史》，是为了纪念当时一位舍身救父的女子缇萦。缇萦的父亲被判有罪，要被送往长安处以肉刑，临行前，犯人悔恨没有儿子，只有没用的女儿。缇萦认为父亲所言差矣，便想尽办法为父申冤，状词声声啼血，闻者流泪。汉文帝知晓后，因为被女子的孝道感动，最终让他们父女团聚。

> 三王德弥薄，惟后用肉刑。太苍令有罪，就递长安城。
> 自恨身无子，困急独茕茕。小女痛父言，死者不可生。
> 上书诣阙下，思古歌鸡鸣。忧心摧折裂，晨风扬激声。
> 圣汉孝文帝，恻然感至情。百男何愦愦，不如一缇萦。

——班固《咏史》

诗中，班固对缇萦救父的敬佩溢于言表，由此可见，班固还是保留了文人的一点正义感和道德心，这也是班固晚年锒铛入狱，最后莫名死于狱中的一点潜在因素。因为他和当时的大将军窦宪关系密切，在一次大战中窦宪兵败回朝，后因为政治原因自杀身亡，从而牵连了班固，他先是被罢官，后被投入狱中，最终没能逃过这场无妄之灾。班固恐怕最后也没有想到自己明哲保身一辈子，最后还是落得个身首异处，不得善终的下场。

其实班固心里也是明白的，从思想内容来看，《汉书》并不如《史记》那样深刻理性。班固曾批评司马迁"论是非颇谬于圣人"，这反映了东汉末期儒家思想作为正统思想已经站稳了脚跟，班固也是深受影响。而且父亲班彪的历史思想和文学理念对班固有着根深蒂固的影响。所以，由于以上多种因素，班固最后没能富贵到底，而是走上了一条他不情愿走的道路，在他明哲保身的

为官，离去

背后却是现实的无尽酸楚。

回顾班固的一生，跌宕起伏得让人有些难以理解。毕竟他始终维护着皇家利益和自身安危，而且从表面来看，班固并没有犯下什么不可饶恕的罪过，最后却依然难逃一死。

人生的发展，既让人感到满足又有些遗憾，或许这就是历史的难以捉摸之处了吧。

阅读大中国

一生何不通透

十九载孤独守望

> 径万里兮度沙漠,为君将兮奋匈奴。路穷绝兮矢刃摧,士众灭兮名已隤。老母已死,虽欲报恩将安归!
>
> ——李陵《别歌》

行军万里穿过茫茫沙漠,本想杀敌来报效汉室朝廷,怎料到竟落得百口莫辩的投降罪名,就连家中的老母亲都被我牵连至死,就算是想报恩都已经是无处可报了啊。

李陵在那次身败名裂的大战中被匈奴擒获,身受重伤的他并不知道这一次的投降竟会是不归路,如果他知道,他是否还会选择苟且偷生;如果他知道,他是不是还会随着匈奴大军回到营地?

历史不可揣测,但至少后人可以知道,如果李陵选择了自刎,那么他便无法见到苏武。同人不同命,苏武被擒,却没有放弃气节,虽然他逐渐被人遗忘,但他从来没有放弃过希望;而李陵投降,却已然丢掉了尊严,他无法再坦然地面对他的过去。

所以,一首《别歌》既是送给苏武,也是送给他自己。告别苏武,便是告别了过去那个自己,从今而后的李陵只是一个匈奴人,他只能在大漠中过着游牧生活,他必须斩断之前那几十年的生活，重新来过。这对一个人来说是残酷而疼痛的。但是李陵别无选择，从他投降起就注定了，他今后将换一个身份生活下去。

面对苏武，李陵应该是惭愧难当的，作为一个使节，苏武忍受折磨而衷心不改，虽然在苦寒之地忍饥挨饿，但他始终抱着那根当初从大汉朝带出来的节棍，尽管没人知道，也没人在乎，但苏武从没有放弃过内心的执着。

这个男人有着钢铁一般的意志，他深信自己可以活着回去，或许，即便回不去，他也要将这份气节坚守到底。这让任何人在他面前都会感到自惭形秽。李陵劝说苏武未果，他只能含泪告别，或许在内心深处，李陵是希望苏武活着回去见到汉武帝，因为只有苏武明白他的冤屈。

李陵自然希望苏武回去，他们都是有气节的人，只不过阴差阳错，李陵无法实现这个愿望；而苏武可以，只要他坚持下去，便可以回去。苏武也希望自己可以回去，他一直都在等这样一个机会。

苏武守在贝加尔湖畔，手里握着他的节棍，身边除了猎猎的风声，便是那群温顺的绵羊，这是匈奴单于对苏武的惩罚，对他不识抬举的惩罚。苏武不在乎，只要让他活一天，他都会心系汉朝。在出使匈奴之前，苏武只是一个小小的官员，管理着汉武帝打猎用的各种器具。这样的一个人，谁会想到他竟然会被派作使者，出使匈奴呢？

匈奴和汉朝向来都有摩擦，只是后来忌讳卫青和霍去病的威名，匈奴单于才屡次向汉武帝求和，双方出于礼貌，自然会互派使节,但使节卫律因害怕受到李近年兄弟牵连投靠匈奴不再回到汉朝,这也为苏武日后的隐患埋下了伏笔。

在苏武以为自己只是单纯地进行一场外交活动之时,却不知道他已经被卷入了一场阴谋之中。卫律的手下,一个名叫虞常的人对卫律不满,策划着要劫持单于的母亲,逃回中原。可惜计划泄露,而那时恰逢苏武来到匈奴,一番牵连之下,无辜的苏武便被牵扯其中。

作为一个使节,苏武想到以死来面对匈奴单于的羞辱,但可惜他被旁边的人夺了刀子,单于对苏武的气节很是欣赏,想要劝其投降,只是可惜,苏武认为这是极大的侮辱,执意不肯,还几次三番要寻死觅活。单于虽然愤怒,但他依然舍不得杀掉苏武,便长期软禁折磨他。在不见效果之后,便将苏武送到了北海,也就是今日的贝加尔湖,告诉苏武:"什么时候公羊可以生下小羊,就是苏武回到汉朝的时间。"

这是一个终生的监禁,虽然苏武身陷囹圄,但他深深地明白自己身上所背负的使命。于是,苏武就在那片大雪纷飞的湖畔开始了他长达十几年的牧羊生活。而在那十多年里,探望他的人除了匈奴的劝降者之外,只有李陵。

在那片荒芜冷寂的土地上,李陵为苏武带来了他家中近年发生的悲剧,妻离子散,兄亡母死。如果只是为了单纯地活下去,苏武在湖畔牧羊的坚持便都没有了意义,任何人听到这样悲惨的消息,都会彻底陷入绝望之中。但是,苏武还是选择了隐忍地活下来,只是为了可以亲眼看到那片他日思夜想的大地,不然,他

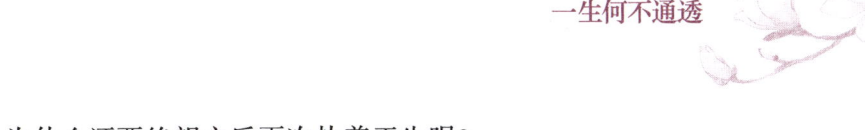

一生何不通透

为什么还要绝望之后再次执着于生呢?

在李陵走后,苏武为他改嫁的妻子作了一首诗,这是他内心积郁了多年的辛酸喷薄而成,苏武不是在怪他的结发妻子,毕竟他离家多年,生死未卜,妻子离开也是可以理解的。虽然结发为夫妻,恩爱不用怀疑,但是在丈夫踏上远途的时候,相见已无归期,就算是分开,也不要忘了曾经在一起欢乐的时光。如果可以活着回去,算是造化;如果死在这里,那就相思无绝期。

> 结发为夫妻,恩爱两不疑。欢娱在今夕,嬿婉及良时。
> 征夫怀往路,起视夜何其。参辰皆已没,去去从此辞。
> 行役在战场,相见未有期。握手一长叹,泪为生别滋。
> 努力爱春华,莫忘欢乐时。生当复来归,死当长相思。
>
> ——苏武《留别妻》

这是一个绝望而悲凉的爱情故事,贝加尔湖的风,无休无止地吹,吹红了苏武的眼睛,吹白了苏武的头发。生离死别不是自己可以做主的,苏武用最后的时间为他和妻子之间的爱情谱写了无声的乐章,静默之中,连爱的墓碑都无法看到,或许苏武认为他是无法回到中原了。

但是在汉朝几乎就要忘记苏武的存在时,苏武却意外地得知他可以回到家乡,回到他日思夜想的故土。十九年过去了,其间发生了多少翻天覆地的变化,人们几乎要忘记曾有这样一个渺小的使节，带着大汉和平的愿望来到了那片大漠之中。汉武帝死后，他的儿子汉昭帝继位，立刻要求匈奴释放当日被他们扣留的苏武，然而他们却谎称苏武病死。

　　本以为归期无望的苏武在一次又一次的磨难前始终坚持，终于守得云开见月明，一位使臣知道苏武还活着，便要求单于释放苏武，慑于大汉的天威，苏武这才得以回到家乡。他离开时正值壮年，归来却已头发斑白。重新回到阔别了十九年的长安，苏武已经是一位白发苍苍的老人了，唯一不变的是他始终握在手里的节棍，虽然已经破旧不堪，但还是当初带出长安的那根。

　　苏武回来后，世人仰慕，他安享晚年，八十而终，也算是善始善终，虽然期间磨难重重，不过十九载之后的归来犹如凤凰浴火的涅槃，他的生命从此有了不一样的华光。

一生何不通透

从容淡定，一世磊落

有的女子温润如玉，有的女子憨厚质朴，有的女子蕙质兰心，有的女子冰雪聪明，但有一个女子，她深明大义，学识渊博，鞠躬尽瘁，以女儿之身成就男子伟业，她就是东汉女子——班昭。

班昭名姬，字惠班，是班固的妹妹。或许是因为耳濡目染的缘故，班昭成了当时也是中国历史上的第一个女历史学家，辅助班固进行《汉书》最后的收尾工作，完成了这部历史上的鸿篇巨制。汉朝人都很敬仰班昭，这名女子巾帼不让须眉，如今金星上的班昭陨石坑就是以她的名字来命名的。可见班昭在历史上有着多大的影响力。

班氏家族学识渊博，枝繁叶茂，是汉朝有名的诗礼之家，富裕显贵，人才辈出，但这可以说是幸运，也可以说是不幸。班昭的哥哥班超出使西域，治理边疆，离开家园一走就是三十年之久，想要落叶归根的班超写信给朝廷，希望可以体恤他的一腔爱国热情，让他回国，却无人理会。班昭听闻后，给皇帝上书一封，为她的哥哥求情，字字血泪，令汉和帝读后为之动容，后将班超接回中原。

妾窃闻古者十五受兵，六十还之，亦有休息不任职也，缘陛下以至孝理天下，得万国之欢心，不遗小国之臣，况超得备侯伯之位，故敢触死为超求哀，乞超余年，一得生还，复见阙庭，使国永无劳远之虑，西域无仓卒之忧，超得长蒙文王葬骨之恩，子方哀老之惠。

——班昭《为兄超求代疏》节选

这是《为兄超求代疏》的最后一段，可以看出班昭的才情非常了得。虽然班超回来不久后就病逝了，但班昭为兄求情一事还是流传了下来。一流的才女即使历经岁月变迁，她与生俱来的气质也会像檀香木的香味那样经久不衰。亲人的离去对班昭来说是个打击，班固死于牢狱之中，班超死于忧郁之中，对于班昭来说，世间的事情就好像是一座难以负荷的大山一样让她无法喘息。

但谁又能想到，这个弱女子凭着柔弱的身躯，在历史上写出了一幅气势恢宏的篇章。和大多数出身高贵的女子不同，班昭虽然养尊处优，但从来就不是一个头脑简单、在嫁人后就相夫教子的寻常妇人。在班昭十四岁出嫁之后，她就从没放弃过对学问和历史的钻研，以至于后来汉和帝知晓她的才情，让她编著史书。

班昭在班固死后接过未完成的《汉书》，这个举动可以看出班昭的不凡素质。果然，班昭没有辜负班固的期望，她收集史料，将缺掉的《表》和《天文志》补充完整，虽然过程艰难，但最终还是将《汉书》编著完成，而且她丝毫不邀功，在完成的《汉书》后依然标上班固的名字。

一生何不通透

说到这里,就不得不提班昭所写的一部《女诫》,里面包括七部分内容:卑弱,夫妇,敬顺,妇行,专心,曲从,和叔妹。这是一本用来教导班家女儿的私家教科书,但没有料到的是,这本书竟然会被一些世家争相传抄,后来竟然风行全国,成为闺中之女必读的一本书。

班昭可以说是古代女子道德的典范人物,她恪守妇道,而且凡事从不抱怨。班昭是否信仰上天,后世已经不得而知,不过从她的为人处世、行文走笔可以看出,班昭应该是相信的。起码她从不怀疑自己作为一个女人就应当承担世间的一切不幸。

当然,幸与不幸都是因人而异的,班昭后半生参与政事,皇太后有什么事情都会与她商量,而她也是淡然处之,从不会有过激的言论,也正是如此,班昭善始善终,死后还被邓太后祭奠。班昭可谓是生得其所,她将一生都奉献给了史学的研究,而自己也在历史中得到了公允的认可。但仔细想来,这样一个处处都能成为楷模的女人,内心深处又是如何呢?

惟永初之有七兮,余随子乎东征。时孟春之吉日兮,撰良辰而将行。乃举趾而升舆兮,夕予宿乎偃师。遂去故而就新兮,志怆恨而怀悲。

明发曙而不寐兮,心迟迟而有违。酌樽酒以弛念兮,喟抑情而自非。谅不登樔而椓蠡兮,得不陈力而相追。且从众而就列兮,听天命之所归。遵通衢之大道兮,求捷径欲从谁?乃遂往而徂逝兮,聊游目而遨魂!

——班昭《东征赋》节选

当一个人很出色的时候,她就不再和别人一样了,往往会陷入孤独之中,班昭的孤独便是她身为女子,却比许多男子还要强百倍。这令她虽然身在巅峰之上,却又必须要忍受着凛冽的寒风。班昭才思敏捷,人们为她所折服,但在班昭的内心,定然还有一捧清泉,脆弱清澈。

当那捧清泉被捧出时,班昭才发现,原来自己竟然如此脆弱,究竟是该听从天命的安排,还是走自己的路,一向冷静的班昭也会在夜深的时候,心生困惑。她随同儿子一起起程,来到新的居所,却充满悲伤的情怀,天亮还是无法入睡,明明知道内心的矛盾,却还是无力与命运抗争,无法出生于上古时代,不能贡献自己的力量,也无法寻求捷径,那只能顺其自然,从京城消失,让高傲的灵魂四处游荡。

所以,这一篇《东征赋》虽然文辞斐然,却已然透露出班昭当时疲惫的心理,不再年轻的她,就如同不再坚持的信念一样,令人担忧。

如果说一个女人的坚强来源于她对外界的幻想,那么班昭那时的幻想已经被层层地剥开,令人觉得忧伤。于是,一首《东征赋》颇有几分忧伤,几分怅然。透过书简,我们似乎还能读到淡淡的无奈。

这篇赋四句一转,曲尽其意,文辞典雅,颇具情韵。这是班昭和儿子路过陈留时写的赋,是效仿她父亲班彪的《北征赋》而作的,因为她说过:"先君行止,则有作兮,虽其不敏,敢不法兮。"

一生何不通透

赋中记录了她从洛阳到陈留的经历,对先哲进行歌颂,又借景抒情。人世间只有美德才能长存,班昭自认为德行昭明,祈求上天垂怜,就算才思不够敏捷,无法达到她父亲的高度,但她仍极力效仿。虽然人间的富贵不能强求,但命运总是公平的,就让自己洁身自好,坚持真理等待命运的转机吧,或许清心寡欲,日后才会从容不迫。

班昭一生无风无浪,但她凭着女性天生的敏锐将生活中的点滴细节都铭记心中。虽然《东征赋》没有班彪所写的《北征赋》那样气势磅礴,但在缠绵细腻的用词中,仿佛可以看到班昭内心的苦闷和矛盾,在曲曲折折的字里行间,淡然地流露出来,强自开解而又无可奈何,只得徘徊往复。

"春蚕到死丝方尽,蜡炬成灰泪始干。"可以看出,班昭内心深处也是非常纤弱的,只是因为她的淡定从容,遮掩了这份女性的特质,所以班昭才会看起来无懈可击。从气质到容貌再到性格,班昭生前身后都让人觉得她是一个淡雅从容的女子,但谁又能在那淡雅朦胧之后,看清楚她真正的模样?

刺世疾，赋中吟

汉灵帝光和元年（公元 178 年），汉王朝一息尚存。汉朝廷召集了各郡的官吏到京城的所在地洛阳去汇报他们一年的工作情况，无非也就是一些户口、垦田等事情。大多官员匆匆赶往京城，而当时正在汉阳郡上任的赵壹也来到了洛阳。

当时接见他们的是司徒袁滂，见到袁滂，大家自然是行跪拜礼，唯独赵壹只站不跪，对袁滂作揖了事。大家都认为赵壹太孤傲，连袁滂都不放在眼里，就连袁滂也对这个对自己不敬的小官吏十分恼火。

然而赵壹自有他的道理，他认为当日郦食其见汉王刘邦时也不过是作了一个长揖，如今他对司徒作揖，又有什么不妥当的地方。袁滂一听，便知道赵壹绝对不是一个泛泛之辈，所以，他当时就请赵壹坐到贵客的席位上，还给大家介绍赵壹，认为赵壹是忠臣良子，朝廷现任官员中没有一个人可以比得上他。

虽然袁滂的话可能只是给自己一个台阶下，未必出于真心，但这些都不必去追究了，因为在当时，赵壹的确是如袁滂所说的那样，无人能比。赵壹性格耿直，他尤其看不惯当时官场的不正之风以及宦官专权的事情。

本来，有很多事情是只能做不能说的，一说出来就会留下痕迹，抹也抹不掉。尤其是在人心不古的官场之中，官员之间更是几乎从不对人说心里话。做大事业的人就一定会说几句谎话，而且还敢将这谎话重复千遍万遍，令其成为真理流传下去。而赵壹所做的就是将真理重复千遍万遍，令其将谎言攻破。在这个柔弱书生的眼中，真理永远比谎言更有意义。然而在他所处的时代，权力才是最有力的东西，可以直接决定一个人的生死命运，所以，赵壹微弱的呐喊声无人听见，即便听见了，也不会有人在意。

在告别了袁滂之后，赵壹又借着出门的机会拜访了河南尹羊陟。羊陟和赵壹一样都是清廉之人，看不惯豪强的所作所为，敢说敢干，可以说和赵壹是很投机的。赵壹的那一次拜访，令这位廉洁的官员印象深刻。据汉史记载，赵壹在拜访他的时候，所乘坐的车子不但破旧不堪，而且摇摇欲坠，几乎要散架了。要知道在当时的洛阳城里，官员们是十分讲究排场的，不论大官小官，出门所乘坐的车子都十分讲究。而赵壹乘坐着这样一辆车子前来，而且十分坦然，这让羊陟感到十分震惊。

在羊陟看来，赵壹就好像是一块藏在石头里的美玉一般，还没有被赏识的人发现，二人畅谈许久，十分投机。送走赵壹后，他便和司徒袁滂一起举荐了赵壹，这个行为使得当时名不见经传的赵壹一下子成了轰动京城的名人，大家纷纷想看看赵壹究竟是何面貌，有史为证："名动京师，士大夫想望其风采。"

伊五帝之不同礼，三王亦又不同乐。数极自然变化，非是故相反驳。德政不能救世溷乱，赏罚岂足惩时清浊？春秋时祸败之始，

汉代琅华照**寒烟**

战国逾复增其荼毒。秦汉无以相逾越，乃更加其怨酷。宁计生民之命？唯利己而自足。

于兹迄今，情伪万方。佞谄日炽，刚克消亡。舐痔结驷，正色徒行。妪媚名势，抚拍豪强。偃蹇反俗，立致咎殃。捷慑逐物，日富月昌。浑然同惑，孰温孰凉？邪夫显进，直士幽藏。

——赵壹《刺世疾邪赋》节选

赵壹论述了一个他认为对的道理，即社会发展到一定阶段的时候，就会发生变化。这并不是故意而为之的，就好像是春秋战国，诸侯争霸之时，统治者永远只是为了自己的私利而考虑，从不为民生作打算。西汉建立以来，虚伪的感情和不正之风逐渐将原先的质朴民风压抑了下去，小人开始得利，清白士人却遭到排挤，人情冷暖，世态炎凉，汉朝已经不再是昨日的汉朝了。

在赵壹的眼中，这样的世界是颠倒的，黑白已经对调，当一个世界再无公正可言的时候，身为文人，自然是有责任提出控诉的。这样的心性在赵壹的性格中日益衍生，自然就有了后来的祸端。

赵壹是有骨气的官员，他不肯屈从权贵，这是他的优点。在他的傲骨背后，也有着一个读书人的倔强。在返回汉阳的途中，赵壹顺道拜访了弘农太守皇甫规，却因为下人的通报不及时而受了侮辱，当下驾车离开，虽然之后皇甫规几次道歉，并派人去请，赵壹就是不予理睬。可见，赵壹虽然为人耿直不阿，但也有他自己的毛病，便是度量不是很大。

当然这个缺点对于赵壹来说已经无足轻重了，在他的为官生涯中，他多次对他所见到的景象和事物提出批判，而且还多次被关进监牢，如果不是他的朋友多方搭救，他只怕会死在监牢之中。所以，赵壹应该已经从几次死里逃生中把人生看得通透了，他虽然在朝为官，但是无法改变这黑暗中的一切，心灰意冷的他对于别人的漠视无法忍耐，在他看来这是一种羞辱。所以，赵壹后来辞官赋闲在家时，虽然朝廷几次派人来请，但他都不答应再出去做官。

  对于赵壹而言，这就是他最好的选择，由最初的激愤逐渐转化为平淡，那么，让生命安然流淌便最为重要，既然真理只得被湮没在历史的黑暗之中，那么就让自己做一个守护真理的使者，与它一起在黑暗中孤寂地等待着光明到来的那一天吧。怀着这样的信念，赵壹写下这篇《刺世疾邪赋》来对当时他看不下去的黑暗朝政进行批判。在赋中，最初的柔和和顺从已经逐渐从赵壹身上消失不见了，他开始越来越相信自己的力量，在他看来，只要能够坚持下去，就可以改变许多事情。然而到头他自己都险些被命运的旋涡卷进去，不能出逃。看来在那个时代，越是深刻地思考，便越是得不到真正的解脱。

  有秦客者乃为诗曰："河清不可俟，人命不可延。顺风激靡草，富贵者称贤。文籍虽满腹，不如一囊钱。伊优北堂上，抗脏倚门边。"
  鲁生闻此辞，系而作歌曰："势家多所宜，咳唾自成珠。被褐怀金玉，兰蕙化为刍。贤者虽独悟，所困在群愚。且各守尔分，勿复空驰驱。哀哉复哀哉，此是命矣夫！"

——赵壹《刺世疾邪赋》节选

在赋中，赵壹几乎提到了一切令他不满的事物，他提到一个秦国人说黄河的水清不可等待，同样人的生命也无法延长，小人得势后，士人便被排挤；另一位鲁生则认为富贵的人吐沫也是金贵的，贫贱的人就算品德再高尚，也只能顾影自怜，所以还不如安守本分，不要白白浪费力气了，因为这就是命运。

赵壹言辞犀利，极尽讽刺，运用两段对话写出了他内心的无奈，他希望锐利的文章可以唤醒沉睡的灵魂，使这个王朝再次焕发出新颜，然而，他还是太天真了，天真到几乎随同这个王朝一起覆灭，从表现的情绪上讲，整篇赋慷慨激昂，但是最后笔锋一转，将一切归于命运的安排。

赵壹认为一切皆是命中注定，不论成败抑或得失，都是上天早就安排好的，包括这个王朝的腐朽，这个王朝最终的毁灭，还有他自己不如意的人生。所以也可以说赵壹在最后获得了关乎命运崭新的诠释，或许，这样他才能得到解脱。

是赵壹天生敏感，还是他早就窥到了最后的结局？他不说，他只是沉默地等待着，在那一天冷静地接受那早就该来的悲剧结尾。

一生何不通透

忍把浮名换寂寞

从一个人的整体发展来看,最重要的应该是他的青少年时期,而曹植在懵懂未知的青少年时期,却因为生于曹家而过早品尝到了命运的苦涩和不公。

曹植是曹操的小儿子,自小聪颖,比曹丕还要出色,出言为论,下笔成章,深得曹操的喜爱。命运的天平似乎向他这边一点一点偏移,曹操甚至考虑过要立曹植为世子,这是曹操对曹植的一种肯定,曹植以他极高的天分在曹操心目中为自己树立了一个能成大事者的形象。

然而,政治舞台永远是中国人表现才智能力的最佳场所,他们在这个舞台上施展谋略,施展手腕,为的就是能够成为最后的赢家。论手段和魄力,曹植在曹操的儿子里不过算是中等水平,那个比他年长、比他柔弱的兄长曹丕世事洞明,人情练达,无论是人情世故还是政治礼仪,都胜过他一筹。

在这场比试中,他无论如何也做不到步步为营,反而在这个过程中不断沦陷,令曹丕脱颖而出,最后被曹操定为世子。其实,在这场比试中,决定性的因素在于曹植身上那份独有的品质。

首先便是不拘小节。曹植虽然才华横溢,深得曹操的喜爱,但他一点也不懂得收敛性情。他任性妄为,屡犯禁忌,这让生性严谨的曹操不能忍受,更令曹操不堪忍受的是他对一个女人久久不能释怀。

袁绍的儿媳甄氏美貌非凡，曹操攻破城门之后，将甄氏掳去，想要独自拥有，而曹丕和曹植兄弟二人也同时看上了这个女子，曹丕抢先一步去向曹操邀功，希望曹操将甄氏赏赐给他，曹操虽然不舍，但也知道一个女人始终比不上父子之间的感情，便忍痛让曹丕抱得美人归了。对于这件事情，曹植始终耿耿于怀，在他看来，甄氏完美无瑕，理应归自己所有，但却成了父亲和哥哥之间礼让的物品。曹植为这件事抑郁了很长时间，而他更是将不满情绪写进了辞赋之中。

其形也，翩若惊鸿，婉若游龙。荣曜秋菊，华茂春松。仿佛兮若轻云之蔽月，飘飖兮若流风之回雪。远而望之，皎若太阳升朝霞；迫而察之，灼若芙蕖出渌波。秾纤得衷，修短合度。肩若削成，腰如约素。延颈秀项，皓质呈露。芳泽无加，铅华弗御。云髻峨峨，修眉联娟。丹唇外朗，皓齿内鲜。明眸善睐，靥辅承权。

——曹植《洛神赋》节选

甄氏体态轻盈，就像起舞的鸿雁，嬉戏的游龙；容貌宛如绽放的秋菊，春日的松柏；形态就如同若隐若现的月亮，如同风中翩跹的雪花。她的美无法用辞藻形容，远远望去，就像是太阳下的一抹朝霞，也像是水中亭亭玉立的荷花，丰满得恰到好处，身高也比例适中。总之，这个女子的铅华无与伦比，她明眸皓齿，蛾眉娟秀，云髻高耸，唇红齿白，顾盼多姿，美得不可方物。

曹植见到甄氏的次数屈指可数，却能如此深刻地将甄氏烙

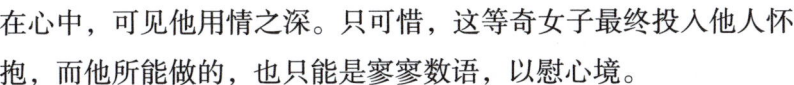

在心中，可见他用情之深。只可惜，这等奇女子最终投入他人怀抱，而他所能做的，也只能是寥寥数语，以慰心境。

这一首《洛神赋》是曹植为了纪念甄氏而写的，当时甄氏早就嫁给曹丕为妃，而曹丕也已经登基为帝，曹植没有能力与他争夺女人，而在作这首赋之前，甄氏已经因为宫廷内部的权力争斗死于非命。所以，曹植的这首《洛神赋》纯属怀念之作，他到洛阳拜见甄氏的儿子曹叡，与他吃饭。见到侄子，想起甄氏的红颜薄命，曹植自然是有感于心。据史料记载，曹植睹物思人，在回封地的路上一直神情恍惚，夜里梦回，恍然看到了甄氏在他面前，待清醒之后才知道是南柯一梦，但更加难掩心中的悲伤，便写下了这一首赋。

这一首赋文辞优美，语言华丽，将甄氏的美好与动人之处描写得入木三分，使人仿佛看到甄氏本人一样。曹植虽然放任自流，今日狂歌痛饮，明朝游猎山林，但是他对甄氏的思念不是一时兴起，而是深埋于内心的一种深沉情愫，虽然后人对此有过诸多怀疑，例如宋朝诗人刘克庄就曾认为这是好事之人"造甄后之事以实之"。明朝的王世贞也说："令洛神见之，未免笑子建（曹植字）伧父耳。"他们都认为曹植对甄氏的感情是虚拟而不真实的，但从这首赋中我们已经可以找到答案了。

虽然曹植生性豁达，但这件事情已经成了曹丕和他之间的嫌隙。更何况曹操生前对曹植十分喜爱，令曹丕心生嫉妒，对待自己的弟弟，曹丕没有以宽容大度的心胸去接纳，曹丕当上皇帝后，曹植的日子过得很是凄凉，虽然依然是锦衣玉食，但那压抑的氛围已经可以让曹植无时无刻感到枷锁的重量了。果然，不久之后，曹丕邀请曹植共聚一堂，赶赴一场鸿门宴，曹丕的居心众人皆知，曹植欣然前往，果然如他所料，曹丕终于还是无法按捺住内心的急切，要将他早早剔除。

只要七步内作出一首诗，便可无罪。这是曹丕对曹植的要求，这个要求虽然简单，却令曹植内心如死灰般冰凉，他一步一句诗："煮豆燃豆萁，豆在釜中泣。本是同根生，相煎何太急。"同一个爹生的孩子，就好像是同一条根上的豆子，心还是长在一起的。虽然曹植的存在对曹丕来说始终是一个威胁，但他最后还是宽容了曹植一回。或许是曹植的这首诗打动了他，又或许是曹植那个时候真的不会对他构成威胁了。总之，曹植的性命就这样延续了下来。但要知道，有时候人活着反而比死亡更为凄苦。或许是每一个皇帝都不能容得卧榻之侧睡他人，曹叡登基后，仍然对这个皇叔严加监管。曹植凄惶度日十二载后，才算解脱，因为他终于与世长辞，不用再介入这皇室间的纷纷扰扰了。

曹植不惑之年就郁郁而终，在这之前他一直过着被监视和被软禁的日子，所以，他后半生心情并不愉悦，可以理解，对一个少年起就意气风发，没遇到什么挫折的青年来说，将近半生的潦倒生涯会将他所有的锐气磨掉，或许曹植早就断了生的念头，只是因为对世间还有留恋，所以他残喘到最后。在生命的最后曹植已经不再是当日英姿勃发的英雄儿郎了，而是一个只求安稳、心态垂老之人。

世间的人情冷暖，兄弟亲人之间的冷漠无情，都让这个昔日的才子感到无助和陌生，当日的浮名早已化为今日的寂寞人生路，既然如此，那便忍把浮名换寂寞，只为求得心安稳吧！

男人苍老的是指望

汉代琅华照寒烟

是锋芒,亦是宿命

  条侯亚夫自未侯为河内守时,许负相之,曰:"君后三岁而侯。侯八岁为将相,持国秉,贵重矣,于人臣无两。其后九岁而君饿死。"亚夫笑曰:"臣之兄已代父侯矣,有如卒,子当代,亚夫何说侯乎?然既已贵如负言,又何说饿死?指示我。"许负指其口曰:"有从理入口,此饿死法也。"居三岁,其兄绛侯胜之有罪,孝文帝择绛侯子贤者,皆推亚夫,乃封亚夫为条侯,续绛侯后。

——司马迁《史记·绛侯周勃世家》节选

  故事从这次算命之后开始,算命的人认定周亚夫会为侯为相,身居高位,一生前途不可限量,但最终会死于饥饿。这番言论在当时听起来像戏言,因为周亚夫虽然是西汉名将周勃的次子,之前一直在河内做郡守,但因为父亲的爵位只能世袭,他有大哥,大哥还有儿子,无论如何这个爵位都是轮不到他来做的,而且周亚夫也并不贪恋这个爵位。所以,他并没有将这位算命人的话当真,只是笑笑说道:"我的兄长已经成为侯爵,我怎么能取而代之呢?就算真如你所说,我又如何能饿死呢?"

  三年之后一次的偶然机会,周亚夫的哥哥因犯罪被剥夺爵位,周亚夫顶替他的哥哥,继承了父亲的爵位。

  虽然登上了自己以前从没想过的高度,但周亚夫却是从容不迫的，他就好像是一个聪明的垂钓者，坐在高高的河岸上，熟练地操纵着手里的钓鱼竿，他很清楚自己在干什么，也很清楚自己要将什么做好。

所以，在汉文帝来军营视察的时候，周亚夫的军营让汉文帝赞叹不已，令他对自己的江山有了一丝放心的感觉。所以，周亚夫被委以重任。在汉文帝的眼中，周亚夫这样的人才是对抗匈奴的最好人选，这样的人不利欲熏心，不软弱无能，只是他的能力还没有施展出来。所以，汉文帝要周亚夫竭尽所能来报效朝廷，而周亚夫也没有令他失望。汉文帝回馈周亚夫忠心的礼物便是赏赐，周亚夫成了骠骑大将军，从此恩宠于一身，风光无限。

文帝后元六年（公元前158年），边境再次遭到匈奴入侵。周亚夫坦然迎战，所向披靡，最终成就熠熠生辉的人生。在汉文帝离开他的营帐之后不久，周亚夫就以事实证明，他是为战争而生的。

汉文帝终于知道，这个男人可以被委以重任，之后，周亚夫被任命为中尉，并且还得了重赏，这样有人情味的做法当然是汉文帝希望周亚夫知恩图报，更加卖力尽忠，而周亚夫也没有辜负朝廷对他的厚爱。

公元前154年，汉朝爆发了七国叛乱，这自然是周亚夫出力的时刻，在短短三个月的时间里他就平定叛乱了，这场漂亮的胜仗为周亚夫赢得了荣誉和奖励。所以在之后的汉景帝时期，周亚夫便被任命为丞相。

不过庙堂之上远非战场能比，虽然那里看似相安无事，平静如水，但暗地里的波涛汹涌，有时候比战场上的硝烟炮火更为猛烈。当周亚夫放下手里的马鞭走向这片不安之地时，他就觉得整个人被置身于一种极为尴尬的境地。

按照周亚夫多年的理念，每一个人都应该有特定的生活原则，这个原则不可更改。但是，周亚夫按照自己所谓的原则来处理国家事情的时候，却发现事实并非如此，他的耿直和勤奋并不能为他在同僚甚至皇帝心目中加分，反而让他们对自己越来越疏远，这是周亚夫搞不明白的。

当然，摆脱这种尴尬其实很容易，假如周亚夫隐退或者讲究一下说话的艺术，那么结果也许就不会发展到不可收拾的地步了。但这或许真的是一种宿命，周亚夫没有离开，他反而愈加执着地想要在这片他并不熟悉的领域中搏一搏。他开始干预越来越多的事情，他把他能干的、不能干的都揽到自己手中，妄图用勤奋来为自己博得地位。他在偏执的道路上越走越远，也就是这样，才导致了他最后的悲剧。

周亚夫老了，作为一个驰骋沙场多年的老将，他终于举不起刀枪，上不了战马了，年龄的增长让他不得不退休在家里休息，他本该像所有退休的老干部一样安享晚年，颐养天年，但可惜，命运再次同他开了一个天大的玩笑。

他的儿子瞒着他为他买了兵器，但那时的汉朝不允许私藏兵器，所以，周亚夫被问罪。他曾经功高盖主，有谋反的资本和野心，因而让简单的事情变得愈发棘手。当皇帝准备让他锒铛入狱之时，一切理由都不存在了，周亚夫这才清醒过来，这一生，果然如那个算命的所言。

男人苍老的是指望

周亚夫不服气,他没有罪过,为何要拿他问罪,但是,由不得他了。周亚夫因为"谋反"被拘禁,但是这位倔强的老将不甘心忍受这样的侮辱,这是一个冤案,为了证明自己的清白,周亚夫开始绝食,不知道他在绝食的几天里有没有想过那位算命的人当初为他算下的结局,他是被饿死的。

或许周亚夫就是要以死明志,他并不是做姿态给别人看。周亚夫当时作何感想,后人已经无从得知,但是,结局却真的好像安排好的一样,在周亚夫绝食的第五天里,他吐血身亡。这就是周亚夫的一生,充满了奇迹,同样充溢着悲情。

太史公曰:绛侯周勃始为布衣时,鄙朴人也,才能不过凡庸。及从高祖定天下,在将相位,诸吕欲作乱,勃匡国家难,复之乎正。虽伊尹、周公,何以加哉!亚夫之用兵,持威重,执坚刃,穰苴曷有加焉!足己而不学,守节不逊,终以穷困。悲夫!

——司马迁《史记·绛侯周勃世家》节选

从司马迁对周亚夫的评论中,可以看出一股浓重的宿命论,在太史公的眼中,很多人的命运在出生的那一刻就已经被注定了,比如周亚夫,他身为周勃的儿子,就注定他躲不开继承爵位,成就伟业,但是也正因为周亚夫自身的性格缺陷,令他难以逃脱命运的掌控,令人悲叹。

这是司马迁的看法,在同样的一个时代里,他的想法不得不说受着纲常伦理规范的束缚。其实周亚夫一生光明磊落,他内心有着最为活泼的自然欲望,也有着最为刚直的做人原则。

所以，周亚夫的死，虽然凄凉，但却是一曲长恨歌，从山长水远走向了日薄西山，谁又能想到那样传奇的开篇，竟会蕴涵这样的结局呢？

男人苍老的是指望

不许名将见白头

汉武帝后期有位重臣姓霍名光,在汉武帝临终之时成为托孤重臣,为汉室江山镇住了一方天地,在之后闻名遐迩的麒麟阁里,这位功高盖主的老臣位列十一位名臣之首。然而在霍光风光表象的背后,离不开一位带他进入繁华之境的贵人,他就是霍光的哥哥——霍去病。

在前往战场的途中,霍去病看望了自己的父亲,并将这个同父异母的弟弟带回了令自己发达的世界里,或许是因为明白底层的艰辛,霍去病从没有忘记那个他从小成长起来的世界。而对霍光的提拔,大概是他从霍光的身上看到了自己的影子。果然,霍光没有令他失望,但可惜霍去病永远也看不到了,在元狩六年(公元前117年)的时候,霍去病因疾病死亡,年仅二十四岁。

对霍去病的缅怀,一直持续了好几个世纪,人们纪念他,并深切地悼念他,是因为他虽然出身卑微,但却始终勤勉,他值得拥有这样的祭奠。出身平阳公主府上的霍去病,是女奴和小吏偷情产下的孩子,名不正言不顺,始终被当作私生子来看待。如果不是卫子夫被汉武帝刘彻选中,只怕这名私生子就只能一辈子在平阳公主的府上当牛作马,永无出头之日。命运是奇异的,因为霍去病的母亲是卫子夫的姐妹,所以,一人得道,鸡犬升天,霍去病就这样被改变了命运。

对于命运的垂青，霍去病应该是感激涕零的，不然他不会在战场上如此奋勇厮杀而不顾身家性命，因为他早就是一个被命运抛弃了的人，所以，他的一切努力，只是用来回馈那个难得的机会而已。当然，这一切，帝王本是无法理解的，但当时坐在龙椅上的是刘彻，作为汉朝的皇帝，刘彻可以算得上是战功颇盛的一位帝王了。那时的大汉朝，边境十分不稳定，游牧民族匈奴时不时地就要来烧杀劫掠一番，扰得刘彻日夜不得安宁。但他没有想到，因为他对卫子夫的垂青，命运为他带来了解决边境问题的良方，而施下良方的这个人正是霍去病。卫子夫的弟弟卫青被汉武帝赏识，屡屡立下战功，尤其是对付匈奴更有一套，而从小跟随在卫青身边的霍去病更是从他这位舅舅身上感受到了上战场的愉悦，他就好像是一名天生的战士一般。渐渐地，霍去病在战争中度过了他人生的那段成长期。他无时无刻不渴望着杀敌建功，可以像卫青一样立下战功，这对他而言不仅仅是荣耀那么简单，而是可以彻底改变一直令他抬不起头来的卑微身份的机会，是一种证明。而命运很快就将这个机会交给了他。

不满十八岁的霍去病在漠南之战中立下战功，他率领的部队将匈奴大军击溃，他以夺目的战果向世人宣布，他终于可以抬起头了，他是当之无愧的大英雄。随后的霍去病就好像是出鞘的宝剑一样，所向披靡，年纪轻轻就屡次立下战功。在霍去病二十二岁的时候，他经历了人生中最为辉煌的漠北一战，并且一战成名，使得当时的汉朝边境局促的状况大为改观。这个年轻人所创造的奇迹在当时一度成为美谈。而被人们夸口相谈的不仅是他的神勇，更是他的品格。

男人苍老的是指望

西汉大将陈汤曾上书直言道:"臣闻天下之大义,当混为一……匈奴呼韩邪单于已称北藩,唯郅支单于叛逆,未伏其辜,大夏之西,以为强汉不能臣也。郅支单于惨毒行于民,大恶通于天。臣延寿、臣汤将义兵,行天诛,赖陛下神灵,阴阳并应,天气精明,陷阵克敌,斩郅支首及名王以下。宜悬头槁于蛮夷邸间,以示万里,明犯强汉者,虽远必诛!"

汉朝的霸气从陈汤的这封上书就可以看出,只要敢犯大汉者,虽远必诛。谁人去诛,非霍去病莫属。年轻的霍去病犹如成长起来的青松,以势不可挡的气势一冲云霄。皇帝对他嘉赏有加,而为了对得起这份器重,霍去病自然誓死捍卫大汉的尊严。

连连的旗开得胜,让霍去病名利双收,但只有他自己知道,在旁人羡慕的眼神背后,他需要承担多少责任与义务。勇往直前是他唯一的方向,只有这样,才能令自己的名字永不黯淡。

两军之出塞,塞阅官及私马凡十四万匹,而复入塞者不满三万匹。乃益置大司马位,大将军、骠骑将军皆为大司马。定令,令骠骑将军秩禄与大将军等。自是之后,大将军青日退,而骠骑日益贵。举大将军故人门下多去事骠骑,辄得官爵,唯任安不肯。

骠骑将军为人少言不泄,有气敢任。天子尝欲教之孙吴兵法,对曰:"顾方略何如耳,不至学古兵法。"天子为治第,令骠骑视之,对曰:"匈奴未灭,无以家为也。"

——司马迁《史记·卫将军骠骑列传》节选

霍去病日益显贵,风头已经盖过了卫青,在得到骠骑大将军的职位时,他虽然年少气盛,但依然敢作敢为,当汉武帝叫他演习兵法时,他说战争只讲究方针策略,不用看兵法。当汉武帝为他修葺了府邸,让他去看的时候,他说出了一句流传千古的话语:"匈奴未灭,无以家为也",意思是匈奴不灭,没有心思考虑自家的事情。

历史可以湮灭多少显贵,而唯独霍去病这一句无人能撼动。这是霍去病的心里话,却使得汉室多少后人为之效仿而不得。或许正是因为过早失去了家,所以,霍去病比其他人更懂得一个国家完整安定的重要性。

《司马法》有云:"国虽大,好战必亡;天下虽安,忘战必危。"汉武帝在位执政期间,便是因为犯了穷兵黩武这条历史定律,大肆的兵役令国家在后期陷入了动荡之中,但当时的霍去病似乎并没有考虑到这一点。霍去病在战争的锻炼下,被铸成一把好剑,锋利无比,但可惜的是,这把好剑还没能完全发挥出它的能量时,就被过早地收回到了剑鞘里。霍去病在二十四岁的时候,于巅峰时刻悄然陨落。

霍去病的故事定格在了雁门关外,在那片茫茫的大漠之中,这个年轻人为了苍生之幸,而舍弃了自我之幸。在民族之间辗转不得回归,直到茫茫的大漠中生出了几分寒意,直到上天真的不假思索地收回天命,直到他卧病不起,终将一切抛于身后。

从来都说命运最为捉弄人,但对于霍去病,命运对他似乎多了一丝怜惜,让他在最为潦倒的时候成就辉煌,让他在最为辉煌的时刻成就美名。世间从来没有十全十美的事情，或许不使名将人间见白头是永恒的真理，只有这样的收场，对霍去病才是最好的结局吧。霍去病的一生好像一曲草原上的长调，荡气回肠。

　　从小经历的耻辱和苦难让霍去病有了高度的自制力，他深深地明白今日的一切都来之不易，所以，霍去病有着比其他人更高的自觉性。在战场上，霍去病懂得了生存的残酷，也是在战场上，霍去病收获了完美。是战场成就了最终的霍去病，令他成为那个精明、强大、威武的骠骑大将军。

　　从来都是不许美人迟暮，不见名将白头。于巅峰之处飘然陨落，光彩熠熠，这或许是不完美中最为完美的结局。

汉代琅华照寒烟

英雄不死的传奇

  天汉二年秋，贰师将军李广利将三万骑击匈奴右贤王于祁连天山，而使陵将其射士步兵五千人出居延北可千余里，欲以分匈奴兵，毋令专走贰师也。陵既至期还，而单于以兵八万围击陵军。陵军五千人，兵矢既尽，士死者过半，而所杀伤匈奴亦万余人。且引且战，连斗八日，还未到居延百余里，匈奴遮狭绝道，陵食乏而救兵不到，虏急击招降陵。陵曰："无面目报陛下。"遂降匈奴。其兵尽没，余亡散得归汉者四百余人。

——司马迁《史记·李将军列传》节选

  这是司马迁写进《史记》的一段话，所提到的李陵便是大将军李广的孙子，而所投降的匈奴也正是李广对抗了一辈子的敌人。或许这就是李家人的宿命，一生都在大漠与匈奴周旋，胜利过无数次，但最后始终无法摆脱失败的阴影。李陵在李广利的带领下与匈奴右贤王在祁连山对战，本想诱敌深入，不料深陷敌阵，因为兵力不足，身受重伤，最后不得已投降匈奴，忍受的是精神上的折磨。而当年李广率领部队深入大漠找寻匈奴主力未果时，他必须要忍受身体和精神上的双重折磨，对于一个驰骋沙场多年的老将来说，那将是他一生都无法摆脱的耻辱。所以，李广选择了以死明志，或者在当时的李广看来，这样悲壮的结局才是

男人苍老的是指望

自己最好的归宿。

作为汉代历史上最伟大的军事指挥家和战斗家之一，李广有着天生的才能和禀赋，他无时无刻不保持着一种战争状态的思维方式来思考整个世界和与他有关的一切事宜。当然，他晚年的一些失误也与之不无关系，但是这种时时刻刻的危机感依然帮助他在早年的时候立下了不少战功。所以在汉朝和匈奴对战的时候，典属国公孙昆邪上书给汉武帝说："李广才气，天下无双，自负其能，数与虏敌战，恐亡之。"

李广被任命为上郡太守，正式开始了与匈奴几十年的拉力赛。在战场上，一位统帅所需要考虑的问题实在是太多太多了，天气地理、人文后方、前线敌情等都需要在脑子里形成一幅立体图，否则稍有不慎，便会全盘皆输。战争是一场赌博，只不过赌的是性命，所以更为残酷和刺激。但对于李广来说，这正是给他的机会。

只有跨到马背上，李广才能有一种顺畅的感觉从心肺蔓延至全身，一种莫名的激动之情油然而起，他是一个天生的军人，只要踏上战场，他就好像是螺丝钉遇到了螺丝帽一样。在战场上，他能立刻进入军事状态，在那个属于他的舞台上发挥，没有任何杂念，脑子里只有如何出奇制胜，如何打败敌军，这才能让李广感受到激情。在那个巨大危机笼罩下的战场上，李广从来都是在瞬息万变的时刻扭转战绩，他的才能，或者说他的出生，就是上天分配给这片广袤的领域的幸运。

战争将李广本来粗犷的个性打磨得谨慎细微，他严谨地应对着大漠中的匈奴,就好像一匹虽然饥饿,但却十分具有耐性的狼。李广凭着他惊人的敏锐和嗅觉,将匈奴一次又一次地击退,让他们无处可躲。战争是十分有力的一个重击,它总能给身处其中的人带来身体和心理上的巨大打击和改变,这些都是不可逆转的。李广也是如此,在一次次的危难过后,李广终于百炼成钢,沉静而内敛,但却可以爆发出惊人的能量,难怪后来的唐朝诗人会写诗赞叹,可见李广影响之深远。

秦时明月汉时关,万里长征人未还。
但使龙城飞将在,不教胡马度阴山。

——王昌龄《出塞》

汉武帝元光二年(公元前133年),李广再一次与匈奴交战,本打算诱敌深入,然后一举歼灭,但被匈奴单于识破,李广的计划没能得以实行,他为此又等待了四年才再次等来了一个机会。在那一次的伏击中,李广于雁门关外被人数多于他的匈奴大军包围,李广虽然善战,但也因为寡不敌众而受伤被俘。匈奴单于敬仰李广的威名,命手下只许生擒,这也为李广之后的脱逃埋下了伏笔。在被俘的途中,李广借机夺得了一个匈奴士兵的马匹和弓箭,虽然后有大批的匈奴骑兵紧追不舍,但李广凭借着那一把夺来的弓箭,逃回了京师。李广军败而归,本应处以死罪,但因为李家用钱赎人,也只是降为了平民。

之后李广多次被起用,匈奴士兵对李广的威猛颇为忌惮。王

男人苍老的是指望

昌龄称李广为飞将,不教胡马度阴山,也大概是从此典故而来。但是这位飞将军与匈奴作战四十多年,战功无数,始终没有被封侯,与他一起作战的人,却是连连晋升,就连那些不如李广的人,功名也远在他之上,而李广一生的官职却没有超过九卿。对于自己不被封侯的原因,李广也是心知肚明的。在一次战役中,李广以诱降的名义将一批叛军收服,但却在这些人放下武器、毫无防备的时候又杀死了他们。这件事情令李广的内心始终深感罪恶,杀掉已经投降的人,这就是李广一生不能被封侯的原因。

而最为人们所叹息的便是这位飞将军最后竟然不能善终,在一次与匈奴的周旋中,李广因为判断失误而使得战争出现了逆转,在无可挽回的局面下,李广无颜面对长安城内的汉武帝刘彻,在大漠深处,老人鬓角的白发随风而乱,恐怕只有死亡才能令李广从困扰了他一生的难题中解脱出来。

及死之日,天下知与不知,皆为尽哀。彼其忠实心诚信于士大夫也!谚曰"桃李不言,下自成蹊"。此言虽小,可以谕大也。

——司马迁《史记·李将军列传》节选

虽然李将军言行端正,为了天下而死,最终得到了百姓的悼念,却因为一个过失终生无法得到心灵上的宽恕。但他终于为自己做了最后的辩护,这无声而决绝的方式令人肃然起敬。

忧郁帝王心

从普通的公子哥到高贵无上的天子,这期间的过程并不如春夏秋冬四季的变换这样顺理成章。从龙椅下的卑躬屈膝到金碧辉煌的金銮殿主人,这距离对于曹丕来说无异于天上地下般遥远。

如果说,这个聪明伶俐的孩子是一块不断被世事打磨的璞玉,那么之后的机缘就是他自己争取来的。汉朝末年的动荡令他的父亲成了风口浪尖上的人物,所以,他的降生自然也带着一种王室的宿命。

对曹丕来说,从臣子到天子的过程在他身上有着极深的烙印,这是一件需要很大勇气和胆量的事情。总之,造就他地位的虽然主要是他父亲,但也离不开自身的努力,曹丕从小就显露出和其他孩子不一样的素质,性格善谋多诈,非常有才华,熟读四书五经、诸子百家,能文能武,八岁的时候就已经能骑马射箭,吟诗作对。曹操死后,曹丕接任了宰相的职位。在职期间,他积极调节曹家与士族之间的矛盾,还果断地采取谋士的建议,确立了九品中正制,获得了士族的支持,这是曹丕获得皇位之路的良好开端。

曹操把龙袍当内衣穿了一辈子,到最后也没能达成所愿。曹丕虽然在很大程度上借了曹操的光,但也可以看出,这个年轻人的野心和果断远非他父亲所能比。由于在正常的社会秩序中拥有

男人苍老的是指望

着某种正常的社会地位和社会身份,人们通常会被一种叫作羞耻感的心理所慑服,就好像曹操那样,他身为宰相,虽然想着要当皇帝,却始终无法卸下他给自己戴上的枷锁;而曹丕不同,他利用了手中的权力,将这条规矩改变得合情合理,他善于动脑以解决事情,完成了曹操没能完成的事情,这就是曹操与曹丕的区别。

长时间玩弄权术令曹丕内心充满了阴暗,他有着曹家人所没有的毅力和野心,这是他在乱世中胜利的决定性力量,他可以温婉如水,也可以冷酷无情,这些都是他作为一个当权者所必须有的本领。然而作为一个文人,他内心柔软,没有表面上那样无情,反而更加容易受伤,而他只把这些写进了他的诗作里,那里,才是他敢于表达的空间。

> 漫漫秋夜长,烈烈北风凉。展转不能寐,披衣起彷徨。
> 彷徨忽已久,白露沾我裳。俯视清水波,仰看明月光。
> 天汉回西流,三五正纵横。草虫鸣何悲,孤雁独南翔。
> 郁郁多悲思,绵绵思故乡。愿飞安得翼,欲济河无梁。
> 向风长叹息,断绝我中肠。

——曹丕《杂诗》

秋夜漫漫,风凉如水,在夜不得寐的时候,他起床独自彷徨,待到露水沾湿衣裳,才意识到时间已过去大半。头顶的月光流转四溢,虫鸣声悲切难当,还有那孤独南飞的大雁,让人忧郁哀伤。想要渡河却苦于没有桥梁，对于故乡的思念只能向风倾诉，以表我的愁肠。

西晋文臣陈寿认为曹丕是："文帝天资文藻，下笔成章，博闻强识，才艺兼该；若加之旷大之度，励以公平之诚，迈志存道，克广德心，则古之贤主，何远之有哉！"

从这首《杂诗》中就可以看出，陈寿的夸赞绝对所言非虚，曹丕的文采不在曹操之下，或者可以说是更胜一筹，在曹丕的文字中，有着一种幽然思远的味道，令人感伤之余又生出心灵上相互碰撞的感觉。曹丕就是这样一个内柔外刚的人，所以陈寿对他的评价十分准确。

曹丕作为曹操年老之后的长子，他占据了世子之位，和比他更有才华的弟弟曹植争夺曹操的宠爱，无疑更胜一筹。在曹操出征临行前，曹植朗诵他为曹操所写的诗词，以赞颂曹操的丰功伟业，而曹丕只是双眼含泪，握着曹操的手道别珍重，这令曹操在内心深处感到温暖，父子之间的关系不是那些浮夸的颂词就可以代替的，曹丕的做法无疑更质朴而生动。因为曹操多疑，做曹操的儿子必定要处处小心，曹丕的身上流淌了曹操的血，只不过他比曹操更多了一份稳重、持静。曹丕成功地将曹植压制到曹操去世，这个时候，他才终于放下心来，这个世界已经没有人能阻挡他前进的脚步了。

然而，他还是不放心，父亲曹操多疑的血液在他的血管里固执地奔流。虽然他后来登上了皇位，成了魏国的开国皇帝，成了九五之尊，但在他的内心深处，依然隐隐地担忧着，这是父亲曹操留在他这个儿子身上的烙印，挥之不去。而他的伤感与曹操的

男人苍老的是指望

伤感是完全不同的,曹操虽然也会伤感,但那伤感之中更多的是一份豪情壮志,是一份壮志难酬的伤感,而他于生活之中,无时无刻不伤怀,他所伤的大多与命运有关。

在曹丕的辞赋中,"秋风"是出现最多的词语,秋风一起,他内心的彷徨仿佛就会生长出诗意的触角来。以下这首《感离赋》也是为祭奠思念而作,因为思念无法到达想去的地方,便寄情于风,但愿风能到达那个他永远无法抵达的远方。

建安十六年,上西征,余居守,老母诸弟皆从,不胜思慕,乃作赋曰:

秋风动兮天气凉,居常不快兮中心伤。出北园兮彷徨,望众木兮成行。柯条憯兮无色,绿草变兮萎黄。感微霜兮零落,随风雨兮飞扬。日薄暮兮无悰,思不衰兮愈多。招延伫兮良从,忽踟蹰兮忘家。

——曹丕《感离赋有序》

建安十六年(公元211年),西征途中,秋风四起令天气清凉,心境随之忧伤,曹丕在园子中彷徨远望,绿草变得凄黄,霜寒随着风雨飘摇落下,薄暮的落日令快乐消隐,升起的全是哀思,停驻良久,这哀伤竟让人连对家的思念都踟蹰起来。

基于从小被弟弟曹植盖过风头的经历,曹丕一直有强烈的忧伤和抒情意欲,因此,他诗文中的伤感也就可以理解了。在他伴随曹操的那些年里,大汉的天下已经处处烽火,根据史料记载,曹丕为曹操的事业出过很多力,命运就是这样,生在什么样的家庭,就要承担起什么样的责任。这是曹丕无法选择的,乃至最后曹丕也欣然接受了这样的命运,他一路奋进,后来成了魏国皇帝。

平庸和杰出只是一念之间,不过,这个一念之间却让曹丕成了之后历史上后人不断研究的风云人物,比起政治成就,他的文学天赋更高,他"妙善辞赋",是魏晋时期辞赋创作较多的作家之一。他的辞赋或叙事,或咏物,或写景,题材广泛,且以抒情见长。这固然与其浓厚的文士气质有关,但同时也是动乱时代的投影。曹丕的诗文最能以情动人,且清新淡雅,十分耐读。

秋风萧瑟天气凉,草木摇落露为霜。群燕辞归雁南翔,念君客游思断肠。慊慊思归恋故乡,君何淹留寄他方?贱妾茕茕守空房,忧来思君不敢忘,不觉泪下沾衣裳。援琴鸣弦发清商,短歌微吟不能长。明月皎皎照我床,星汉西流夜未央。牵牛织女遥相望,尔独何辜限河梁?

——曹丕《燕歌行》

这是曹丕以幽怨的闺中之妇的语气写的一首思念诗,笔调委婉,感情缠绵悱恻,将女子对丈夫的思念表达得十分到位。秋风、草木、群燕、游客,皆是哀伤的意象。想起远方的丈夫,女子泪眼婆娑,独守空房之余,拨弄琴弦,唱起歌曲,当皎皎明月光照进房间,漫天铺满星星之时,女子只能抬头问牛郎织女,他们的爱情何时才能不用鹊桥来搭起?

  一个伟大的文学家被安插在了帝王的位置上,不知道这是幸还是不幸,不过总体说来,曹丕内心的空缺和失落并不是他的皇帝之位可以弥补的。他费尽心机得来的这个地位,反而给他增添了更多的忧虑,而这份忧思也成就了他日后在文学上的地位。

牡丹花谢

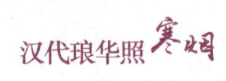

病榻前的叮咛与挣扎

汉朝末年,纷争不断,朝廷昏庸,君主无能,随着人口的不断增长,政府的治理能力日益下降,当初刘邦的黄老之治一去不复返,社会上出现了越来越多的丑恶现象,世相变得千奇百怪,官员的腐败程度远远超出了人民所能忍受的程度。

那个时候的人们生活很艰难,"田野空,朝廷空,仓库空",这九个字就是当时汉朝的真实写照,人民处于水深火热之中,已经到了走投无路的地步,大汉王朝的问题已经不在于遍地的瘟疫、饥荒和战乱了,而是在于这些表象的背后,支撑整个社会正常运作的机器,它已经开始生锈,甚至停止运转了。

当初汉武帝所选择的儒学价值观已经丝毫不起作用,人们道德开始败坏,内心逐渐腐朽,因为这个社会正常的精神支柱已经随着社会的衰败而一同衰落了。汉朝就像一辆无人驾驭的马车到处横冲直撞,随时都有坠入悬崖的可能。失去监督权力的封建专制制度是一种无药可解的剧毒,可以这样说,在汉朝最后那段苟延残喘的时日里,一切都变得怪诞和丑陋起来,人们开始陷入没顶的泥沼中,无法挣脱,而能帮助他们的只能是上天的怜悯和新王朝的建立。

汉朝末年,无数家庭支离破碎,多少诗文都写不尽那时人民

牡丹花谢

的血与泪。一首《妇病行》不过是当时汉朝社会中的小缩影,却足以让后人闻之凄然。

妇病连年累岁,传呼丈人前一言。当言未及得言,不知泪下一何翩翩。"属累君两三孤子,莫我儿饥且寒,有过慎莫笪笞,行当折摇,思复念之!"

乱曰:抱时无衣,襦复无里。闭门塞牖舍,孤儿到市。道逢亲交,泣坐不能起。从乞求与孤儿买饵。对交啼泣,泪不可止。"我欲不伤悲,不能已。"探怀中钱持授,交入门,见孤儿啼索其母抱,徘徊空舍中,行复尔耳,弃置勿复道。

——无名氏《妇病行》

这首诗歌描述了一个病危的女子在临终前对丈夫的声声嘱托,她希望丈夫能在她死后好好对待她留下的孩子们,但是丈夫哪还有什么能力抚养这几个嗷嗷待哺的小生命,但面对妻子含泪的双目,他又无法不作出承诺。

他不知道今后的生活该如何继续下去,如果不把孩子丢掉,一家人都会被饿死,但丢掉孩子又于心不忍。这是一个痛苦的抉择,妻子的死成了一种解脱,她今后都可以不再忍受这无休止的折磨和痛楚了,反倒是依然活着丈夫,需要更大的勇气去承受命运加在他身上的枷锁。

这首《妇病行》属于汉代的乐府古诗,通过描写一个生病妇女的家庭悲剧,生动地描绘出了汉代末年劳动人民在残酷的重压和剥削之下，苦苦徘徊在死亡线边缘上的生活惨剧。那病榻前的叮咛令读者可以由衷地感受到这位母亲的无奈和悲伤，而幸运活下来的丈夫，却要更加不幸地带着这份叮咛在尘世中活下去。这就是在大汉朝最后的光景下，人们所过的日子。如果不是有这些诗歌留下来，谁能想到在那个遥远的过去，会有这样悲惨的事情发生呢？

《妇病行》通过一系列令人撕心裂肺的细节描写，将一个穷苦人家贫病交加的窘迫状态栩栩如生地表现了出来，他们那远在千年前的生活情形、语言动作就好像一幕幕独幕剧般活灵活现，作者不需要对诗中所要表达的悲苦多加修饰，就可以让人感觉到那蕴涵其中的沉痛哀婉之情，令读过的人无一不感到深切的痛苦。这样的艺术特色正是汉乐府"感于哀乐，缘事而发"的现实主义特色的体现。

乐府诗可以将那个年代的凄苦写进历史，但是，那一刻的历史意义并没有被永远留存下来，因为烽烟处处，天下已经没有可以安家的居所了。兵为刀俎，民为鱼肉。在这个世界重新回归到只有武力才能最终解决一切矛盾的时候，只有拿起武器反抗，才有可能继续活下去。可是，这一条未知的道路是否可以走得通，谁也不知道。

在残垣断壁的屋子里忍饥挨饿地活着，是不是比惨烈地死在硝烟中好呢？命运已经将一些苦难的人们推到了宿命的最外缘，所以他们也只能在真正经历过重大的牺牲之后才能明白，原来一切都是徒劳。在这个封建社会里，他们的挣扎是白费的，因为现实已不容他们做主。

牡丹花谢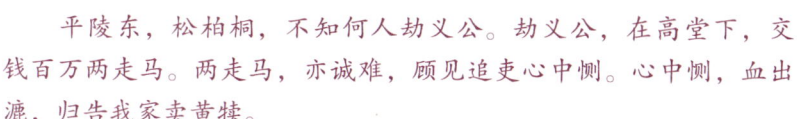

平陵东,松柏桐,不知何人劫义公。劫义公,在高堂下,交钱百万两走马。两走马,亦诚难,顾见追吏心中恻。心中恻,血出漉,归告我家卖黄犊。

——无名氏《平陵东》

这是西汉末年的一首叙事诗歌,控诉贪官污吏采用绑架的卑鄙手段来敲诈勒索普通老百姓,从而达到自己荷包鼓胀目的。本应代表正义的公堂之上,官员却要来者交完银钱,留下马匹才可安然离去,府衙里的衙役根本不顾百姓的死活,为了苟且地活下去,含冤受屈的百姓只能卖了家中赖以生存的牛犊来抵债交钱。通篇的凄苦都是围绕一个"钱"字展开。就好像张爱玲在她的一篇文章中写道:"我喜欢钱,因为我没吃过钱的苦,不知道钱的坏处,只知道钱的好处。"

可悲的是,这些官员在大汉王朝穷途末路时依然还想着为自己捞银票,他们把本就穷困不堪的百姓当作牲口一样压榨。当廉洁的面具被无情地揭开,展露在世人面前的是一张张无比丑恶的嘴脸,一切正义都已荡然无存。

远行不如当归

青青河畔草,绵绵思远道。远道不可思,宿昔梦见之。
梦见在我傍,忽觉在他乡。他乡各异县,展转不相见。
枯桑知天风,海水知天寒。入门各自媚,谁肯相为言!
客从远方来,遗我双鲤鱼。呼儿烹鲤鱼,中有尺素书。
长跪读素书,书中竟何如?上言加餐食,下言长相忆。

——无名氏《饮马长城窟行》

宋人郭茂倩在《乐府诗集·相和歌辞·瑟调曲》关于这首诗的题解中写道:"一曰《饮马行》·长城,秦所筑以备胡者。其下有泉窟,可以改写。"

从诗的首句中可以看出这是一首相思远行客的乐府诗。虽是春寒料峭,但是春的气息已经惊醒了万水千山,四处都是勃勃生机。但那个等待出外远征丈夫归来的女子,却丝毫感觉不到春日的温暖气息,她只是感到凄凉,因为她看不到未来,看不到她心爱的丈夫的归期。

她总是这样思念着远方的爱人,时日重复地过着,却不知道自己已经在这无尽的春夏秋冬中,黯然老去,容颜不再了。

在这首诗中,作者尽力让这个女子不再忧伤,女子尽力不去想念远方的丈夫,思念无益,徒增伤感而已,但是这份思念如何

牡丹花谢

控制得住呢？就连梦中都是他的影子。女子在微凉的夜风中持续忧伤，那抓也抓不住的幻影让她悲伤。

在辗转难眠之后，她只能起身看着远方漫长的山路，盼望那不知身在何方的丈夫会尽早回来。在秋风吹起的时候，在大海波涛翻滚的时候，在太阳终于冉冉升起的时候，他将踏上归程，他们可以再次过上冷暖自知、无人打扰的安宁生活。

可现在，街头巷尾的邻居和亲人的家中总是充满了欢声笑语，而她只能独自在家孤独守候，苦涩难耐，但也无可奈何。

但值得庆幸的是，她的痴心终于感动了上天，在日复一日的等待中，她终于看到了曙光，同乡的人从外归来，带给她一个刻有鲤鱼的信函，这让她欣喜万分，她不敢自己动手打开，怕是让她失望的消息，于是，她让五岁的幼子将信函打开，里面是一块雪白的锦帕，她颤抖地打开锦帕，上面只有寥寥六个字："加餐食，长相忆。"这是丈夫对她的无言思念，透过洁白的锦帕，这个可怜的妇人仿佛看到了在军队中服役而无法归来的丈夫，他那瘦削的脸孔上，写满了思念。

世间最好的情爱，也无非是君心似我心。

诗歌以比兴开始，由绵绵的河畔青草引出妻子对丈夫的无限思念，以旁人的热闹衬托出自己的寂寥悲伤。这是一首汉乐府诗歌，却有着对《诗经》的浓浓模仿，虽然为东汉时期的作品，但它那不讲究严谨雅韵的诗句，还有平仄的不规则、典故的不规范，都透露出了一股原始质朴的上古之风。

虽然谈不上是精致之作，但诗歌中的每一个字都充满了真情实感，朴实的情感让人感动得想要落泪。虽然作者和具体的写作年代都已经不甚明了了，但这诗词中妇人和丈夫之间浓郁悠长的感情是足以震撼人心的。

"梦见在我傍，忽觉在他乡。"一个"忽"字起到了传神的转折作用，本来无限快乐的梦，刹那间变成了残酷的现实，梦醒之后的冰凉令妇人的希望变成了肝肠寸断的失望。在汉末那个年代，人的生命本来就脆弱，因此，妇人对于丈夫能否平安归来更是多了一份无奈。

这首诗最大特色就在于，它是喜忧参半的，在不断悲伤之余又给了人无限希望。读到"上言加餐食，下言长相忆"的时候，这首《饮马长城窟行》已经进入了尾声，读过的人都会觉得内心惆怅。在事情刚开始的时候，没有人可以预测到结局。就好像是诗中的这位妇人一样，她对出门在外的丈夫抱着那样的思念，却无法知道自己的后半生将要怎样度过。人生旅程漫长，充满未知因素，对于未来的一切将会如何发展，无论是他们还是后人都无从知晓。

不过这也未必是件坏事，如果我们在最开始的时候就已经对结局了然于心的话，那么，谁还敢坦然地奔赴未来呢？就好像这个妇人一样，正因为对未来的无所知晓，所以，她才能一直坚守在等候的位置上，期待远去的丈夫有朝一日可以回来找她。而当她的丈夫真的托人带来了慰问的话语时，她的等待便有了意义。

在遥远他乡的爱人啊，希望你早日归来。《饮马长城窟行》虽然在立意上有着悲哀的基调，但是有人认为这是一首控诉战争的作品，这是不能让人苟同的。当然，对战争的控诉也是这首诗

牡丹花谢

歌的一部分主题,但它所要表达的主要还是希望远去的丈夫早日归来的思念之情。

对于远行之人的思念,这首诗歌可以算得上是汉乐府之中的经典之作,前苦后甜,转折突然却不突兀,这是它的妙处所在。

而同时期的另一首描写远行之人的诗歌,更是犹如在暗夜里突然绽放的昙花一般,带着浓郁芳香般的忧伤展现在世人眼前,这是一首寂寞的诗歌,也是一盏独自绽放的暗淡灯火,静静地点亮汉朝末期那个黑暗无边的时代。

《艳歌行》是为流浪在外的三个兄弟所作的,他们孤苦无依,只能以在别人家打工为生。女主人虽然对他们很好,还为他们缝补衣服,但是女主人的丈夫在突然回家的一瞬间看到了这个场景,使得场面尴尬而充满紧张气氛。这时候,他们才意识到,在别人家里即使待遇再好,也依然是受人恩惠,远不如在自己家中幸福,走了这么远,或许真是该回去的时候了吧!

> 翩翩堂前燕,冬藏夏来见。兄弟两三人,流宕在他县。
> 故衣谁当补?新衣谁当绽?赖得贤主人,览取为我绽。
> 夫婿从门来,斜柯西北盼。语卿且勿盼,水清石自见。
> 石见何累累,远行不如归!

——无名氏《艳歌行》

整首诗歌围绕着流浪汉的凄苦展开,戏剧性的情节使得这首诗情节紧张,矛盾突出,是难得的上乘之作。最后的结尾"远行不如归"更是与开头呼应，全篇浑然天成，气氛舒缓，虽然没有什么特定的对象，但只要说一句远行不如归，所有在外的游子都不由得潸然泪下。这两首汉乐府诗歌就好像是深入精神内部的千年古树忽然开出的艳丽花朵，芳香深远而悠长，虽然年代久远，但并不妨碍它与后人之间的纯粹交流。在这里，它们已经不仅仅是一首诗歌这么简单了，而是代表了一种情怀，一种远行当归的情思。

牡丹花谢

牡丹花下，一座殇城

古来多贵色，殁去定何归。
清魄不应散，艳花还所依。
红栖金谷妓，黄值洛川妃。
朱紫亦皆附，可言人世稀。

——梅尧臣《洛阳牡丹》

洛阳牡丹天下闻名，每逢春季，总有人前往洛阳赏花，煞是热闹。从梅尧臣的诗句中可以看出洛阳牡丹闻名之久。梅尧臣到洛阳看到了牡丹的艳丽华贵，也看到了富贵之后的凋零黯淡。有人爱把牡丹比富贵，但富贵有时，华贵也会凋零。

西汉后期政权更迭，外戚王莽获得权力，登上帝位，他本想改朝换代，将刘姓天下改成王姓皇朝，建立一番丰功伟业，却不料人算不如天算，他在皇帝宝座上只待了很短时间，不但没有实现宏图大业，连皇帝梦也没做多长时间，就被现实硬生生地敲醒了。朝代还是那个朝代，天下还是那个天下，但早就物是人非了。

王莽这么一闹，西汉终结，刘秀带领起义军奋起反抗，重新夺回政权，公元25年时建立东汉，都城选在了洛阳这个牡丹盛开的城市。

汉代琅华照寒烟

洛阳为"天下之中",这是周公所言。身为古代著名的政治家,他对洛阳如此盛赞,可见自古以来,洛阳在人们心目中的地位有多崇高。据传,"中国"一词便是从此言中引申而来的。这块厚实古老的土地自夏朝以来共孕育了十三个王朝的首都,司马光对洛阳作过如下评价,"若问古今兴废事,请君只看洛阳城",意思就是洛阳经历了许多朝代的更替,见惯了兴废之事。

审曲面势,溯洛背河,左伊右瀍,西阻九阿,东门于旋。盟津达其后,太谷通其前。回行道乎伊阙,邪径捷乎轩辕。大室作镇,揭以熊耳。底柱辍流,镡以大伾。温液汤泉,黑丹石缁。王鲔岫居,能鳖三趾。

——张衡《东京赋》节选

张衡对洛阳的盛赞是发自内心的,这可以从行文中看出。他眼中的洛阳依山傍水,地势良好,而且城外温泉喷涌,长寿的鲔鱼和鳖生活其中,群林环绕,景色宜人,就仿若仙境一般,置身其中,有着透人心脾的舒心惬意。虽然年代久远,一些词句的遗失令赋词稍显缺失,但仍然无损于整篇文章的美感。洛阳的整体布局皆在文辞之中流转,那城外巍峨的山,山间蜿蜒的河,还有城中严谨的布局和固若金汤的城门,无一不在文字中活色生香。

看到这些华美的语句,我们最先想到的是它们竟然可以流传千年,带着古人的心意,留给后人以美感。最初的洛阳便是如此,纷繁之下,皆是兴荣。

牡丹花谢

洛阳兴盛而不流于奢侈,一改当日西汉长安的格局。磅礴却不奢华,大气却不铺张,不论是布局还是建筑,无一不是秉承西汉风格之余,又衍生出东汉的气象。张衡生逢其时,对洛阳的繁华尽情歌颂了一番,他为洛阳所作的赋,虽然不免含有恭维的意思,但也算是一番肺腑之言了。

刘秀凯旋登基之后,洛阳成为都城,开国帝王自然要建立一番伟业来巩固刚刚取得的政权,洛阳的兴建被提上了日程。刚刚经历过战争的刘秀懂得穷兵黩武只会令王朝衰败,所以他精兵简政,令当时许多士兵回归农田、兴修水利,这是刘秀在洛阳实施的一项仁政措施。

正是解甲归田的这批士兵,对当时洛阳的兴建起到了关键作用。那个时期的洛阳虽然还谈不上有多么繁华,但是在帝王的一步步努力下不断完善,这个城市随同东汉一起经历了最初的艰难时光。

或许和西汉的繁华相比,东汉稍显逊色,但它还是在天地巨变中最终走出一条生存之道,比西汉更为宛转曲折,却更富生命力。这个劫后余生的王朝在有限的岁月里,小心翼翼地维护着自己的朝纲,统治者既兴奋地享受着胜利的果实,又心藏隐忧,害怕随时爆发的灾难将一切毁于一旦。

直到建武二年,经过西汉末期动荡的尘埃,朝政才逐渐安定,人民生活再次安稳,这段时间的兴盛被称为"光武中兴",中兴了前朝的汉武盛世,也中兴了之前的文景之治。然而,长盛不衰是不存在的,洛阳的中兴也不会盛而不败。

随着牡丹开了又谢,这座都城逐渐走向成熟。然而历史不断

汉代琅华照寒烟

向前,刘秀当初担心的外戚专政再次发生,并且愈演愈烈。东汉后期的皇帝多数寿命不长,皇位上坐着的大多是几岁的娃娃。党锢之争,外戚专权,宦官趁机把持朝政,整个东汉乱成了一锅粥,东汉政权终于不可避免地走向了谷底。

这些都在洛阳发生,也都被洛阳尽收眼底,无论时局如何变化,这些璀璨如星光的经过都是无法被后人遗忘的,洛阳见证了一切。

张衡早在《东京赋》中就提到兴衰有时,或许他在看到洛阳繁华的时候,早已经高瞻远瞩地看到了它之后的衰败,就如同那朵朵艳丽的牡丹一样。牡丹经过长久的生长,才能有那三月的如花似锦,但是花期如此短暂,短得令人没来得及欣赏,就已经出现了凋零的迹象。

东汉好像一场恍惚的梦境,在经历了一番悲喜交加、正邪之战后,忽然明白,该走便走,该留便留,无论是人事还是时局,都不会因为善良的人胸中充满了不平之气而改变。饱读诗书的文人墨客无法将这个朝代挽留在时代的舞台上,大汉的风流早已经远去,留下的只有这座美丽的城池和飘散不去的萎靡。离开,是唯一的结局。

人性的自私最终还是压碎了裹在统治者身上的道德外壳。经历了世事的蜕变,汉朝的走向依然还是不可遏制地与人的预想背道而驰。就连张衡在面对世事变幻时,也不知道自己最终会沦为什么样子,更何况那无人能够再掌控的王朝。

或许,仰天长叹是唯一可做的事。

牡丹花谢

洛阳城是东汉兴衰成败的唯一见证者,它冷静注视,就好像是一部小说的旁白,它提供了各种元素,时间、地点、空间、人物,还有故事,唯独没有结局。或许这座城市就好像是一位小说高手,它懂得没有结局的故事才更加引人入胜,懂得留下空白,才赢得观众。

汉代琅华照寒烟

悲歌怅惋王朝暮日

《水浒传》中几乎所有上梁山的人都背负着一段血海深仇或者是与社会有着深刻的矛盾。八十万禁军教头林冲原本是一个彬彬有礼、性格内敛的政府官员，但是在被仇家追杀和落草为寇后，性情大变，时常以拳头说话，还会在语言中加入几句粗口。还有打虎的武松，在为兄报仇之后本该发配边疆，但是途中生变令他前往梁山，虽然是个挂名和尚，却是喝酒吃肉，也会在脾气上来时乱打一气。

这些人原本都是本分的良民，有着很好的职业，还有用来维持生活的固定薪水。他们是最用不着犯险造反的，但他们偏偏都跑到了梁山之上和朝廷对着干，因而梁山被后人认为是一个专出草寇的地方。

放下好端端的生活，跑去当草寇，其实这也是被逼无奈。黑格尔曾经在一本书上称中国为灾荒之国，在他看来，中国无时无刻不处于一种饥荒状态，人们吃不饱穿不暖简直就是家常便饭。

在汉朝初年兵荒马乱之后，虽然经过文景之治和武帝盛世，社会有了一定程度的恢复和繁荣，但是历史就是这样一个奇怪的循环。在汉末的时候，困顿再次来临，并且是以不可遏制的速度吞噬着整个王朝，这令所有的汉朝人民感到惶恐。不但是平头百

牡丹花谢

姓,就连一些大文豪也感受到了江山末日所带来的恐惧。扬雄虽然写过一些极力赞扬汉朝盛世的辞赋,但是他自己并没能因此而大富大贵,同样过着潦倒的生活,在不堪忍受的时候,他将自己的贫困写进了文字中,或许只是一种心理慰藉,但是流传了下来,给了后世一份多了解当时社会的文献资料。

> 扬子遁世,离俗独处。左邻崇山,右接旷野,邻垣乞儿,终贫且窭。礼薄义弊,相与群聚,惆怅失志,呼贫与语:"汝在六极,投弃荒遐……尔复我随,陟彼高冈。舍尔入海,泛彼柏舟;尔复我随,载沉载浮。我行尔动,我静尔休。岂无他人,从我何求?今汝去今,勿复久留。"

——扬雄《逐贫赋》节选

这个天生的词赋高手,性格中一直有着不甘平庸的成分,隐居他处,离群索居,在旷野之中虽然贫苦,却能求得心安理得,不过时而也会惆怅哀叹。人间世事,不是随波逐流,便是逆流而上,这个不能抱以太多希望的地方,还是早日离开的好。他的《逐贫赋》,将一个文人生不逢时的尴尬和盘托出,不论在当时,还是现在来看,都是一篇为自己感慨命运不公的文章。他即便是文辞高手,也只能聊以自慰,而最终无法驱散东汉末年的阴霾天空。然而,在中国漫长的历史岁月中,像扬雄这样的人实在是太多了,数不胜数。他们一生的奋斗,就好像荒唐的话剧,直到暮年,才发觉是如此可笑。

余乃避席，辞谢不直："请不贰过，闻义则服。长与汝居，终无厌极。"贫遂不去，与我游息。

——扬雄《逐贫赋》节选

这是《逐贫赋》的最后一句，扬雄因为不堪，选择离去；因为理智，最终决定云游他方。扬雄的苦自然是算不上什么大苦大难的，他的苦只是文人感叹世事不公，不能大富大贵的歇斯而已。扬雄是无法和那些真正生活在底层社会的人民相比的，那些人所受的苦难就像是一曲大汉朝的挽歌，悲悲切切地奏响了汉朝最后的篇章，等到曲终人散的时候，这个王朝也就土崩瓦解了。

美丽的往昔流逝之后，留下的便是彻头彻尾的无望和悲伤。这个由流氓痞子开创的朝代最终也将结束在一片荒芜之中。刘邦在最初施行黄老之术治理国家时，大概不会想到有一天国家会变成这个样子，四处哀鸣，百姓有家不能回，弥漫着悲观和绝望的气氛。这是历史的不幸，还是刘氏家族的不幸呢？

悲歌可以当泣，远望可以当归。思念故乡，郁郁累累。欲归家无人，欲渡河无船。心思不能言，肠中车轮转。

——无名氏《悲歌》

这一首《悲歌》古辞，收录在《乐府诗集·杂曲歌辞》之中，表达了远游在外的人思念故乡但却不得归还的悲哀之情。"悲

牡丹花谢

歌可以当泣",以这样没头没尾的诗句开头不难让人理解,这位游子已经哭过无数回了,以至于哭泣都无法表达内心的忧伤,所以便以悲歌代替。这是一个外出游子的内心哭泣,犹如悲伤的歌曲。诗歌就如同其名,是一首彻头彻尾的悲愤之作,可以让读者感受到蕴涵在其中的无奈和悲凉。

不是不想回家,只是无法回去。虽然只有寥寥数句,也没有提及原因,但我们似乎可以了解为什么武松会变得暴虐,为什么林冲会不再儒雅,就因为他们再也回不到当初的家里,回不到当初了,过去已经在他们改变的那一瞬间和他们说了再见。不是所有人都希望当盗匪,却有那么多人干着盗匪的勾当,这就是悲剧产生的原因。

总有一些事情是不得已而为之,发生了的事情无法改变,所以,年代愈发动乱,越来越多的人就不再安分。

命运将一个人彻头彻尾地改变,许多原本老实本分的农民突然上山当了盗匪,抢劫那些同他们一样毫无经济来源的人,为的只是能够活下去。罪恶并不是一开始就存在的,只是人性在面对种种变化时,会表现出令我们自己都十分吃惊的复杂多面性。

贫穷之时，无言他日

读汉朝的乐府诗歌时，思绪在《东门行》这一首戛然而止。简单质朴的句子，令人想到的却是满目疮痍的社会景象，不由得想要重新定义心目中的汉朝。

从刘邦建立西汉的无为之治，到东汉末年的民不聊生，这不过是历史长河中弹指一挥间的事。自东汉顺帝即位以来，汉朝的政治日益腐败，先是外戚擅权，后是宦官专权，一些正直的士大夫为了维护汉朝最后一丝气息作着艰难的斗争，但可惜天数已尽，曾经辉煌的汉朝已经走入了历史深处，取而代之的是那上至朝堂，下至民间的惨淡经营。

传说中的劫难似乎真的降临到了这个王朝上空，如一片厚重的阴云将其笼罩，令所有人都感觉到了无处可逃的恐惧。尤其是在党人夺权失败之后，阴霾愈发低沉。

根据《后汉书·党锢列传》里记载："逮桓、灵之间，主荒政缪，国命委于阉寺，士子羞与为伍，故匹夫抗愤，处士横议，遂乃激扬名声，互相题拂，品核公卿，裁量执政，婞直之风，于斯行矣。"

唯一的一丝正义之光也被湮灭在了历史的尘埃中，当时的中国人真正感觉到了在劫难逃的惶恐。

在宦官专权之下，东汉后期走马灯似地换了一批又一批的

牡丹花谢

"娃娃"皇帝,这些乳牙还没长全的小孩子像玩偶一样被人摆放在了龙椅之上,他们以童稚无害的眼神望着民间疾苦,却无法看懂。汉朝正在以一种不可遏制的速度迅速滑向黑暗的深渊,而深受其害的老百姓则用他们的双手将其倾覆。

人口的增长和社会的不公眼看就要将汉朝压垮,国不成国,家不成家。贫穷令平时憨厚质朴、循规蹈矩的人们失去了理智。他们为了寻求新的生路不断杀戮,争夺掳掠,道德已经不存在,生存成为头等大事,世界的一切已经被颠覆。

虽然取得天下要靠武力争夺和扩张,但是当一个安定了多时的王朝再次面临战乱和武力时,说明这个时代即将过去,一场新的角逐将要开始。汉朝时的中国是一个泱泱大国,使者足迹遍布世界各地,他们将贸易拓展到海外,为这个王朝带来巨大的财富,但是这一切已经烟消云散了。

现在的汉朝是一个病人,并且已经病入膏肓、无药可救了,人们在等着他被宣判死亡,然后在这片废墟之上建立起崭新的王朝。

中国历史向来就是这样循环往复的,恰巧东汉最后的岁月赶在了这个历史的契合点上,《三国演义》中说:"天下大势,分久必合,合久必分。"

东汉末年,天下三分,三国的故事就从这里开始,人民的痛苦却远没有结束。单纯的老百姓无法把握历史的规律,他们只是惧怕天灾人祸,只希望可以家和万事兴,但是在那个异军突起的年代,老天并没有放弃这个可以任性肆虐的机会。

汉代琅华照寒烟

在洛阳城附近，瘟疫泛滥，死人无数，曾经这个人烟密集、商旅如云的大都市，仿佛一夜之间变成了人间地狱，人迹罕至，杂草丛生，尸横遍野，繁华不再。善良的人们将这归为天灾，但哪次所谓的天灾背后没有人祸的作祟？统治者的腐败无能更是令人民雪上加霜。人民不是死于贫穷，便是死于疾病。

汉朝最初积累的财富就这样在劫难中逐渐化为灰烬，人口锐减，恐惧远比瘟疫猛烈，然而造成恐惧的最初因素不外乎是贫穷。当一个人一无所有的时候，他便会感到无比空虚和害怕；当一个家里无法找出一样可以吃的东西时，这家人就会感到由衷的恐惧，因为饥饿的最终归宿便是死亡。

这些身处苦难的人们手中握着的锄头无法再为他们创造粮食，他们的文化素质无法使他们理解这个世界忽然变化的原因。因为饥饿，他们想要握住任何他们能够握住的生存机会，改变任人鱼肉的命运。他们由温顺的农民变为义愤填膺的战士，无非就是将手里的锄头换成刀枪。

> 出东门，不顾归。来入门，怅欲悲。盎中无斗米储，还视架上无悬衣。拔剑东门去，舍中儿母牵衣啼。他家但愿富贵，贱妾与君共铺糜，上用仓浪天故，下当用此黄口儿。今非，咄！行！吾去为迟！白发时下难久居。

——无名氏《东门行》

这是一首凄苦的诗，主人公出了东门之后就不想回家，因为家中已经没有让他留恋的温暖了，家中一贫如洗，剩下的就只

牡丹花谢

有惆怅悲愁。这个男人不能就这样看着家人悲惨地饿死,他愤怒地提剑想要出东门去,想要和命运搏一搏,换来妻子和孩子的温饱,哪怕只是一碗粥也可以,这样的穷日子在这家人看来,过也过不到头,希望根本就在毫无指望的遥远未来。

当他选择铤而走险时,他自然明白这是一条不归路,所以他去而返,返而去,就是因为内心充满了矛盾和挣扎。"咄!行!吾去为迟!白发时下难久居。"男子还是要走的,因为已经别无选择了,这就是东汉末年时期社会的缩影,大多数家庭都面临着这样的窘境,去也难,留也难,因为无论作何选择都将会通往死亡。

"家家有僵尸之痛,室室有号泣之哀。或阖门而殪,或覆族而丧",这是曹植后来对那个时代的回忆。农民的无路可走令这位七步成诗的诗人感到痛心疾首,虽然他未必能感同身受。

就算是一让再让,百姓所仰望的朝廷也丝毫不会为了他们的痛苦而作出让步。在这永远的退让和忍让中,百姓的日子最终到了无法再继续下去的时候,懦弱让他们一生贫困,在一个无法正确判断是非的社会里,他们最后的出路只能是造反。

贫穷从来就不是一件值得炫耀的事情,美国作家查尔斯·威尔伯说:"贫穷对人的尊严和人性的堕落所造成的后果是无法衡量的。"

所以说,贫穷是一道枷锁,深深地加在当时汉朝民众的肩上,让他们除了本能一无所有,让这些可怜的民众被饥饿的欲望折磨得好像动物一样不得安宁。贫穷剥夺的不仅仅是人们的生活,还有他们的尊严和脸面,让这些可怜的人们在上天面前觉得自卑，让他们只关心温饱而不再关心其他，他们变得毫无追求，只关心那些能被填进胃里的东西。所以，他们的选择更多是出于本能。

这些握惯了锄头的百姓只是希望寻求一条生路，但他们依然是一些投机者登上皇位的棋子，这些百姓淳朴的愿望成了每一个乱世当权者的利器，他们巧妙地利用这些朴素而简单的愿望，激发起百姓自身的爆发力，帮他们获得权力。

贫穷总是一个王朝穷途末路的最终写意，然而无论是开端还是结束，对于这王朝背后的百姓来说，只要生活贫穷，言说他物都不过是望梅止渴而已。